品嘗好書　冠群可期

少年偵探團

江戸川亂步

品冠文化出版社

目錄

少年偵探團

少年偵探②

少年偵探團

江戶川亂步

黑色妖魔

全身塗得漆黑，可怕的黑色傢伙。

「黑色妖魔」的傳聞傳遍整個東京，但卻從來沒有人看過他的真面目。

他只出現在黑暗中，穿著黑色的衣服。就算看到模糊的身影，也不知道究竟是男是女，是大人還是小孩。

安靜的住宅區，負責守夜的大叔，在長的黑板圍牆前敲著梆子巡邏時，黑板牆的一部分突然往後縮，出現一個與板牆同樣顏色的人。他出現在道路的正中央，在大叔面前露出白皙的牙齒，咯咯的笑著。接著突然又像黑旋風似的，消失得無影無蹤。

翌日清晨，守夜的大叔將這件事告訴大家。那個人全身漆黑，只露出白色的牙齒笑著。他從來沒有遇過如此令人毛骨悚然的事，不禁嚇得臉色蒼白。但又覺得有點好笑，才會告訴別人。

濤。

某日深夜，船隻在隅田川上航行時，船家突然覺得船邊有奇怪的波濤。

沒有星星的漆黑夜晚，河水如墨一般的黑，只有船櫓劃過水面，掀起白色波浪的聲音。船家看到的波濤與船櫓掀起的波浪不同，是很奇怪的白色波濤。

就好像是有人在那兒游泳似的波濤，只看到波形，沒有看到人。

船家覺得很不可思議，嚇得毛骨悚然。他忍著驚懼，對著這個看不見身影的游泳者大叫著：

「喂，誰在那裡游泳啊？」

這時，白色的波濤突然停止，接著游泳者臉龐的部分好像露出白色的東西。

仔細一看，這白色的東西是人的前齒。只有白皙的前齒露在黑色的水面上，咯咯的笑著。

船家因為害怕過度，嚇得頭也不回地，趕緊划船逃走。

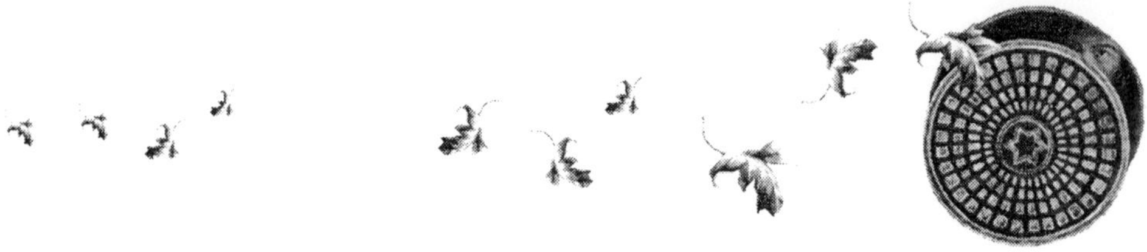

此外，還有這麼奇怪的事情發生。

在明月高懸的夜晚，佇立在上野公園廣大草坪上，欣賞著月色的大學生，腳邊當然有月光映照著的影子，但奇怪的是，這個影子一動也不動。再怎麼搖頭或擺手，影子就是不動。

大學生感覺很不舒服，難道影子是死的，所以一動也不動嗎？想起來就覺得可怕。他不禁懷疑自己是不是瘋了，一刻也無法待在現場，於是想要走開。

結果如何呢？影子還是不動。大學生再走到離影子三公尺、五公尺處，影子仍舊不動，停在原地。

大學生覺得太不可思議了，於是停下腳步。就算不敢看，但基於好奇心，還是盯著地上的影子看。

就在他凝神細瞧時，發生了可怕的事情。影子的臉正中央突然露出白色的東西。原來是影子張開嘴巴，露出白皙的牙齒，而且發出咯咯的笑聲。

各位，請想像一下影子露齒而笑的情景，世間會有這麼令人害怕的事嗎？

即使是大學生，也嚇得逃之夭夭。

這就是傳說中的黑色妖魔。後來想想，大學生面對月亮，影子應該在後面，可是卻在眼前出現黑色人影，這表示根本不是自己的影子。

黑色妖魔的傳聞，一天比一天甚囂塵上。

妖魔從黑夜中竄出，好像要勒緊行人的脖子似的。深夜，當小孩子一個人行走在路上時，彷彿被黑色的包袱包住一樣，讓他在地面滾動前行。各種傳說不斷傳開，就好像怪談又衍生怪談般。年輕的女孩和小孩都嚇得夜晚不敢出門。

這個妖魔就好像昔日童話中傳說的具有隱身能力似的。所謂隱身指的是一旦身體隱藏起來，彷彿人突然消失般，完全看不見。在人群中可以隨心所欲，無論做任何事都不會被發現，和魔術有異曲同工之妙。黑色妖魔就是這樣溶入黑暗當中，藉此掩人耳目。

黑色妖魔的身體比濃墨更黑，可以說黑到絕頂。一般人根本看不到他。

黑色妖魔在黑暗中，在背景前，就好像使用忍術一樣，可以隨心所欲的做壞事。

如果這傢伙當真使壞，又能拿他如何？只要他將自己隱身在黑暗之中，就能躲過追捕，根本沒有人能夠抓到他。

黑色妖魔究竟是誰？是男還是女？是大人還是小孩？這個來路不明的影子妖魔到底意欲為何？難道他只想從黑板牆跳出來、在黑暗的水中游泳，或者化身人影，站在地面。

只想單純的惡作劇嗎？不，絕非如此。他一定心懷不軌。但他究竟有什麼不良的企圖呢？

能夠勇敢面對這個惡魔，與其挑戰的就是，以小林少年為團長的少年偵探團。

由十名勇敢的小學生組成的少年偵探團，其團長就是明智偵探的名助手小林芳雄少年。而小林的老師，不用說就是大偵探明智小五郎。

日本第一的私家偵探，其麾下的少年偵探團，到底要怎樣和有如妖怪般變幻自如的黑怪物作戰呢？

追蹤怪物

與黑暗相同顏色的怪物，出現在東京各地。在黑暗中，露出白皙的牙齒咯咯笑著，讓人感覺很不舒服。這樣的傳聞已經傳遍整個東京，甚至連報紙都大肆報導。

年長的人認為是妖魔作怪，使得傳說變得更可怕。但年輕人則多半不認為是妖魔作祟，而是有人在搗蛋。一定有人覺得做這種事很有趣，所以一直在惡作劇。

然而隨著時間的消逝，無論是妖魔或人，這傢伙絕對不只是想惡作劇，一定是有什麼不良的企圖。後來，他的企圖終於浮上檯面。

再仔細想想，原來黑色怪物的出現，就是異常犯罪事件的開端，而且是以東京為中心進行的。但是，與此有關的人物，不只是日本人，可以說這是國際性的犯罪事件。

黑色妖魔的惡作劇逐漸變成犯罪的形態。以下就按照事件發生的經過來說明。

向各位讀者介紹，以小林芳雄為團長的少年偵探團當中，有一位桂正一。小桂家住世田谷區玉川電車沿線，和羽柴壯二就讀的學校相距不遠。正一和壯二是表兄弟，在壯二的邀請下，加入了少年偵探團。

小桂不只自己加入偵探團，還邀請也是同樣住在玉川電車沿線的同學篠崎始一起加入。

某天晚上，桂正一去拜訪篠崎，兩家約只有一個電車車站的距離，他們一起在篠崎的書房寫作業、聊天。約玩到八點，桂正一在回家途中遇到了可怕的事情。

如果是膽怯的少年，可能會繞路，去走大馬路。但是，小桂在學校是少年相撲選手，是練就一身好功夫的大膽少年。所以，他還是走小巷子的捷徑。

兩側是長板水泥牆，街燈昏暗，就算不是深夜，也甚少有人煙，十分荒涼。

春天雖然氣候一點也不冷，但走在一片死寂的夜晚街道上，卻讓人背脊發涼。

轉個彎，往前一看，在距離二十公尺遠的街燈下，看到黑色人影在那兒走著。奇怪的是，沒有戴帽子，也沒有穿外套，從頭頂到腳趾，看起來就好像墨一樣漆黑。

小桂看了一眼這奇怪的人影，嚇得裹足不前。

「也許是他，傳說中的黑色妖魔。」

心跳加快，背脊發涼，開始跑了起來。小桂正準備往後跑，卻突然想到自己不能逃。於是鎮靜地停下腳步。

小桂心想，自己是頗富盛名的少年偵探團的一員，而且先前在篠崎家提到黑色妖魔時，還大聲的說：

「如果遇到那傢伙，我一定要看清楚他的真面目。」

一想到少年偵探團，小桂立刻鼓起勇氣。

躲在矮籬笆後面，偷偷觀察。這怪物似乎沒有察覺背後有人，依然故我的走著。的確沒錯，全身漆黑，好像黑貓一樣的人。

「既非妖怪，也非幽靈，明明就是個人嘛！」

小桂大膽的決定要跟蹤對方。

怪物就好像地面的影子突然站起來似的，漸行漸遠，而且腳程非常快。小桂只能勉勉強強，遮遮掩掩的跟在後頭。

離開城鎮，來到一處人跡罕至的空曠地區。不久，看到一座寺廟的佛堂，高高聳立在星空下。那是從江戶時代就存在的古老寺廟——養源寺。

黑色妖魔沿著養源寺的矮籬，輕飄飄的行走，走到矮籬盡頭，就進入佛堂後門。

小桂雖然愈來愈害怕，但又覺得現在放棄跟蹤太可惜了。於是他緊握雙手，下腹部用力，同樣從矮籬盡頭，進入黑暗的寺內。

他定神一看，竟然是一塊墓地。新舊無數的石碑雜錯，豎立在地面上。就著天空的星輝和路燈的朦朧微光，照在這些長方形的石碑上，看起來有點泛白。

雖然小桂是不相信怪談的現代少年，但是知道這是埋葬無數屍體的墓地，心裡還是一陣毛骨悚然。

怪物左拐右拐的通過石碑之間的狹窄通道，好像很熟悉這裡的地形似的直往裡走。黑影在白色石碑的映照下，其背影看起來格外清晰。

小桂雖然全身冒著冷汗，還是強忍內心的恐懼，跟蹤那傢伙。所幸他的個子矮小，可以隱身在石碑後方。有時他會探出頭，看對方走到哪兒，以免跟丟。

但是，小桂不知是第幾次探出頭時，突然嚇了一跳。在不遠，立著兩個石碑的地方，黑色怪物停下了腳步，而且面朝小桂的方向，漆黑的臉上露出眼睛和白色的牙齒。

原來怪物早就發現有人跟蹤，只是故意佯裝不知，把他引誘到墓地中，也許打算在這裡殺掉他？

小桂就好像在貓面前的老鼠似的，動彈不得，目光無法移開，和好像黑影的傢伙對看著。只覺得自己呼吸急促，心跳加快。

現在已經無處可逃了。忽然怪物的牙齒朝左右張開，上下移動，咯咯……發出怪鳥般的笑聲。

小桂覺得自己好像做了可怕的惡夢。雖然是夢，卻無法清醒。即使想大叫「救命」，周圍都是不會說話的人，根本沒有人可以救他。

然而怪物並沒有撲過來，只是一味的怪笑。接著突然咻地，隱身到石碑後面。

雖說躲了起來，但不知何時又會突然出現，所以，小桂還是屏氣凝神，呆立著。可是過了很久，還是沒有動靜。也許只要移開他躲藏的石碑，就可以看到黑影。

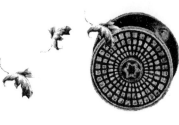

他感覺，自己宛如在深海般寧靜的墓地，好像成為對方的組上肉，動彈不得。四周亂石一片，小桂覺得彷彿身處夢中。

等到回過神，朝怪物隱藏的石碑走近一看，那裡早已空無一人。為了謹慎起見，他到處轉轉，卻還是沒有看到黑色人影。

即使是趴在地上，只要稍微移動，也逃不過自己的眼睛，可是現在卻渺無人影，心裡覺得納悶。只能解釋為那怪物是西方的惡魔，化作一陣輕煙，消失在空中。

「看來，那傢伙可能真的是妖怪。」

這麼想的小桂，心裡壓抑著的恐懼開始不斷湧現，不禁放聲大叫，從墓地逃了出來。氣喘吁吁的跑向明亮的城鎮。

直到後來，小桂還是認為，怪物在墓地中像一陣輕煙般的消失了。

然而真的會有這種事嗎？如果黑色妖魔是人，根本不會像輕煙似的消失在空氣中。

誘拐人的騙子

在墓地事件發生的兩天後，晚上八點，從篠崎始家氣派的大門內，走出一名年約三十歲，穿著高貴的婦女，以及一位五歲，穿著可愛洋裝的女孩。婦女是小始的阿姨，女孩則是他的小表妹。兩個人傍晚到篠崎家玩，現在正要回去。

阿姨打算走到大街上攔車。牽著女孩的手，在微暗的城鎮，加快腳步走著。

這時，兩人的身後卻出現黑影。

怪物沿著牆邊，無聲無息的慢慢接近兩人，相距大約一公尺時，突然抓住可愛的小女孩，挾在腋下。

「啊！你想幹什麼？」

婦人嚇了一跳，想要抓住對方，可是，卻被加快腳步的黑影推倒在地。黑影露出白皙的牙齒，咯咯……怪笑著。

婦人雖然被推倒，但還是看到對方的模樣，原來他就是傳說中的黑色妖魔。因為驚嚇過度，所以「啊！」的尖叫著，趴倒在地上。

怪物抓走女孩，已經不知去向。後來，直到深夜才知道，這個妖魔並非可怕的拐帶人口的騙子。

約莫十一點左右，距離篠崎家一公里處，沿著玉川電車線寂靜的住宅區，巡邏員正在巡邏時，在沒有人煙的道路中央，看到一名五歲的女孩在那兒哭泣著。正是先前被黑色怪物抓走的篠崎的小表妹。

因為她還只是個孩子，所以，無論巡邏員如何詢問，她都無法清楚的回答任何問題。不過，從她的隻字片語串連來判斷，黑色怪物抓走她後，將她帶到四下無人的空曠處，給她點心，討她的歡心。然後又問她的名字，她回答：「木村幸子」怪物一聽，突然變得非常粗暴，就將幸子扔在當場，不知去向。

從前後的行徑來看，怪物一定是抓錯人了。他並不是隨便綁架一個小孩，而是有預定的目標。那麼他到底想要抓誰呢？

翌日，又有類似的事件發生。

場所還是先前篠崎家門前。但不是夜晚，這次是大白天。附近一名四、五歲大的女孩在門前獨自遊玩時，遊行雜耍的行列正好經過。

以扮成小說中的少年英雄丹下左膳（小說中的主角。單眼單手的劍術高手，曾拍成電影，是青少年的英雄），胸前掛著大鼓的男子帶頭，還有穿著洋裝的女孩、拿著旗子的人，一行人配合音樂，搖頭擺尾的走著。

行列最後方是一名穿著紅白相間條紋，寬鬆小丑服，頭戴前端掛著鈴的高帽子，臉上戴著彷彿西方小丑面具的男子。看到篠崎家門前的女孩時，向她招手。

女孩生性活潑，在小丑的招呼下，笑著跑到他身邊。

小丑說：

「這給妳。」

說著將手裡的五彩棒棒糖交到女孩手中。

「我還有其他東西給妳，妳跟我來。」

小丑拉起女孩的手，往前走去。孩子受不了糖果的誘惑，就這樣跟著他走。

但是，走了大約一百公尺的時候，化妝成小丑的男子，突然迅速脫離雜耍團的行列，帶著女孩穿越四下無人的小巷子。雜耍團的人也不以為意，仍然繼續往前走。

穿著小丑服的男子越過小徑後，停下腳步，將女孩帶到附近神社的森林中。

「叔叔，我們要去哪兒？」

女孩看看沒有人影的森林，仍未察覺到危險，天真的詢問著。

「去好地方啊！那裡有很多點心，還有很多娃娃噢！」

打扮成小丑的男子看起來不像東京人，操著奇怪的口音。每個字說起來似乎都很吃力。

「小妹妹，告訴我，妳叫什麼名字？」

「我叫小英。」

女孩若無其事的回答。

「妳真正的名字叫什麼?爸爸又叫什麼?」

「宮本。」

「宮本?真的?不是篠崎嗎?」

「不是,是宮本。」

「那先前妳玩的地方,不是妳家嗎?」

「才不是,我們家更小呢!」

聽到小英這麼說,化妝成小丑的男子,突然鬆開小英的手。面具底下發出「啐」的聲音。接著不發一語,將女孩留在森林裡,自己消失得無影無蹤。

這位名叫小英的女孩哭著跑回家,告訴母親這件奇怪的遭遇。城中的傳聞立刻傳到警察耳中。

根據小女孩的說法,雖然不知道森林裡發生的詳細經過,但大概知道是化妝成小丑的雜耍團裡成員抓住小英，中途又把她放走。與前夜黑色妖魔的做法相同。看來他的目標是五歲大的女孩。

提到五歲大的女孩，篠崎始的妹妹正好也是這個年紀。難道怪物下手的對象是篠崎家的女孩嗎？

對照前後發生的事情，的確讓人有此一猜測。

無論是在隅田川、上野森林或東京任何地方，原本四處惡作劇的黑影，現在終於將現身的場所縮小了。

桂正一出現的地方、篠崎的小表妹被擄走的地方，和小英被綁走的地方，全都是以篠崎家為主的地區。

怪物的目的逐漸明朗化了。如果只是想要綁架小孩，以小孩為人質勒索贖金的話，為什麼要化成黑影嚇別人呢？因此推測，一定還有什麼其他的企圖才對。

詛咒的寶石

就在篠崎家門前遊玩的女孩被擄走的當天晚上，篠崎始的父親似乎很擔心似的，臉色蒼白。他將妻子和小始叫到裡面的房間。

小始從未看過父親如此焦急的模樣。

「到底發生什麼事？」

母親和小始，都因為非常擔心而心跳加快。

父親雙手交疊，坐在房間的壁龕前。壁龕平時擺著花瓶的紫檀木（熱帶地區產的帶紅的紫色樹木，是高級家具使用的木材）檯上，今晚卻放置著奇怪的東西。

在內側以紫色絲絨鋪成的四方形盒子中，放著閃耀光芒，直徑一公分的珠子。

小始從來都不知道家裡有這麼美的寶石。

「我還沒有告訴你們，關於這個寶石的可怕詛咒，因為我不相信這種傳說。提到這些無聊的傳說，我怕你們擔心，所以，才會一直隱瞞到今天。

可是如今已經不能再騙你們了。昨晚開始就發生綁架少女的傳聞，我認為事情非比尋常，我們一定要特別小心謹慎。」

父親的聲音低沈，好像在訴說什麼嚴重的事情似的。

「這個寶石，和昨晚發生的事件到底有什麼關聯？」

母親和父親一樣，臉色蒼白，屏氣凝神的詢問著。

「是的，這個寶石有一個可怕的詛咒傳說，我現在終於知道，這並不是謠傳。

前年我到中國去，從上海一個外國人那裡買回這個寶石。價格極為便宜，只有時價的十分之一，我只花了一萬七千日圓（現在約三千五百萬日幣）。

我以為自己挖到了寶藏，非常高興。但是後來其他的外國人卻告訴我一件可怕的事。關於這個寶石有很多不好的傳說，知道這件事的人都不會去買，所以我才能用便宜的價格買到。

這個傳說就是……」

父親說到這兒，突然不再說話。招手要兩人到他身邊。

小始朝父親的方向靠近，彷彿在聽可怕的怪談般，覺得背脊一陣寒冷。而且平常很亮的燈，今天卻感覺有點昏暗。

「這個寶石，原本是在印度內地，古老寺廟本尊大佛像額頭上的寶石。小始在學校應該學過，稱為白毫。

故事發生在距今六、七十年前。這間寺廟附近發生戰爭，寺廟被燒毀，死了很多人。當時嵌在佛像臉上的寶石被敵人拿走，寶石後來輾轉落入許多人之手，被帶到歐洲。由於寶石的價值不菲，所以，很多人出高價收購。

而且在戰爭時，該部落的公主被敵人射殺。年輕貌美的公主深受國王疼愛，部落裡的印度人更視公主為神一般，這麼重要的人竟然會死在敵人的槍彈之下。

許多那裡的印度人無法忘記這兩件令人悲傷的事情，認為一定要奪回佛像的生命白毫，同時要為公主復仇。兩件仇恨重疊，於是對寶石下了詛咒。

在印度國內，以這個部落的信仰最強烈。部落中的人打從心底信仰佛像，為了佛像，不惜艱難辛苦，甚至犧牲自己的生命。

因此，他們決定要對玷汙重要佛像，奪走國王心愛女兒的國外軍人復仇。於是指派部落中兩名會魔法，不怕死的印度人，代表整個部落，到世界各地去尋找敵人。

如果這兩人病死，再派另外年輕男人執行。如此持續了幾十年、幾百年。在寶石還沒有回到佛像的額頭上之前，這個詛咒都不可能破除。

後來，凡持有這個寶石的人，就會不斷被黑色妖魔攻擊。尤其家中如果有年幼的女孩，為了替公主復仇，一定會先擄走那女孩，再將之殺死。然後她的屍體會被藏起來，即使警察再怎麼找，也都找不到。

這是在上海的外國人告訴我的，我當然不相信這種傳說。怎麼可能有這麼愚蠢的事情呢？我想可能是說這番話的外國人想要這個寶石，可是卻被我先買走了，所以才會說些毫無根據的怪談，讓我害怕，再以原先的價格轉賣給他。後來，我就忘了這件事了。

但是昨天和今天，以我們家為主，都有幼小的女孩被擄走，我才突然又想起那個外國人所說的，全身漆黑的怪物的事。我感到很不安，和原先的傳聞竟然完全吻合。」

「你是擔心小綠也會被擄走嗎？」

母親驚訝萬分。現在必須保護小綠才行。小綠就是年僅五歲，小始的妹妹。

「對。不過，現在不用擔心，只要我們在這裡，就會很安全。但是以後絕對不能讓小綠到外面去玩。就算是在家中，也要一直盯著她。」

事實上，正如父親所言，要到小綠遊玩的房間，一定要先通過這個房間。而且小綠身旁還有傭人和奶媽在照顧。

「可是還是很奇怪。那些印度人只要向外國人報仇就可以了，為什麼現在會以我們為目標呢？」

小始覺得很不可思議。

「事情不像你所想的這樣。無論是當時的罪人，還是現在持有寶石的人，都受到了詛咒。所以，在歐洲才會有無辜的人受到連累，甚至罹患可怕的疾病。」

「是嗎？這我就不明白為什麼了……。啊，對了，告訴你一個好消息，爸爸，我加入少年偵探團了喔！所以……」

小始難掩興奮之情。父親則笑著說道。

「哈哈……你們幫不上忙的。你應該知道吧，對方可是印度會魔法的人。印度的法術至今依然成謎。丟一根繩子到空中，只要抓住這根繩子，就能像在爬梯子似的往上爬。

或者在地面挖個深的大洞，把人埋在裡面，過了一個月、兩個月，挖開泥土一看，那個人還是活著。這些，都是非常可怕的法術。直到現在，只要印度人在地上播種，就會立刻發芽，長出莖葉，甚至開花。是極為神祕的人種呢！」

「如果我不行，還可以找明智先生商量啊！明智先生就好像魔術師一樣，他不就輕易的逮捕了怪盜二十面相嗎？」

小始驕傲的說著。他相信只要有明智偵探，即使對方是印度的魔法師，也一定不會輸。

「嗯，也許明智先生有什麼好的辦法，明天我就去找他商量。」

只要對父親抬出明智偵探，父親也不得不投降。

但是，黑色妖魔會等到明天嗎？小始等人的談話，也許已經被躲在紙門外的怪物偷聽到了。

黑手

就在這時，小始好像發現什麼似的，「啊！」的小聲叫著。猛往父親背後的壁龕瞧，好像化石般一動也不動。而且小始的臉色蒼白，雙眼圓瞪，嘴巴裂得很大，彷彿一尊活的醜娃娃。

父親、母親見狀，嚇了一跳。望向壁龕，結果反應和小始一樣，驚懼莫名。

請看吧！

壁龕旁的書院窗，已經悄無聲息的被打開，一隻黑手從縫隙中伸了出來。

「啊，不行！」

黑手伸手去抓花檯上的寶石盒，接著又從原先的縫隙消失。黑色妖魔竟然大膽的在三人眼前奪走受詛咒的寶石。

父親和小始都因事發突然而嚇呆了。不但沒有撲向黑手，反而呆立著，腦中一片空白。等到黑手消失，才又回過神來。父親驚呼：

「今井，今井，有壞人，快來……」

大聲叫喚祕書。

「啊，小綠！難道……」

母親大叫一聲。

「嗯，妳也來。」

父親立刻刷的拉開紙門，和母親一起奔向小綠待的房間。不過，幸好小綠還在。

另一方面，聽到父親的叫聲，急忙趕來的祕書今井和小始，因為看到走廊一扇玻璃是開的，於是兩人跑到庭院去追趕壞蛋。

黑色妖魔在眼前奔馳著。想在黑暗的庭院中抓黑色妖魔，實在不是易事。所幸庭院周圍有無法越過的高水泥牆包圍著，只要追到牆邊，就可以一舉成擒。

壞蛋看到圍牆阻擋去路，似乎有點困擾，於是改變方向，朝圍牆內側逃逸。牆邊種植高聳的梧桐樹和低矮的杜鵑等各種樹木。壞蛋在樹林中穿梭，跳過低矮的籬笆，像風一般急馳而去。

奔跑一會兒之後，發生了奇怪的事情。壞蛋的黑色身影明明是跳過矮籬，但卻像使用忍術似的，突然消失得無影無蹤。

小始等人認為他可能是蹲在矮籬中，於是小心翼翼的靠近，可是那裡卻空無一人。壞蛋就好像憑空消失一樣。

不久，用電話報案的兩名巡邏警員趕來。兩名警員和家中的人兵分多路，就拿著手電筒的光來搜索庭院各個角落，最後，還是沒有發現可疑的人影，當然也就無法找回失竊的寶石。

這也是印度人的魔法嗎？如果不是，又怎麼可能憑空消失呢？

各位讀者應該還記得，幾天前晚上，篠崎始的朋友桂正一在養源寺的墓地跟丟了黑色妖魔的事情。這次的事情也一樣，壞蛋就在追兵的面前輕易的消失身影。

難道真的是印度人的魔法嗎？印度人真的如小始父親所說的，會使用這種魔幻般的法術嗎？如果真是如此，這種憑空消失的手法真是太高明了。

兩個印度人

在慌亂中度過一夜，翌日，篠崎家內外戒備森嚴，連螞蟻都無法進入。小綠被留在屋內一間關上紙門的房間裡，父母親、兩個祕書、奶媽和兩個傭人守在房間內外，十幾隻眼睛嚴密地緊盯著小綠。屋外，則有幾名轄區警局的便衣刑警，在門前和圍牆周圍巡視。篠崎家，被包圍得密不通風。

但是，篠崎的父母還是惶惶難安，看了昨晚的手法就可以知道，壞蛋好像會使用忍術，即使警戒再森嚴，似乎都嫌不足。就在忐忑不安的心情下，到了下午三點多，去上學的小始回來了。

「爸爸，我回來了。小綠不要緊吧？」

「嗯，她很高興的在玩呢！不過，你今天放學好像比平常晚噢？」

父親覺得很奇怪的問道。

「這是有原因的，我放學以後就到明智老師那兒去了。」

「那麼，你見到他了嗎？」

「沒見到。老師去旅行了，好像出遠門調查某個事件。但是我和小林商量了一會兒，他真的很聰明，想出了好方法噢！爸爸，你猜是什麼辦法。」

小始一副很得意似的。

「我不知道，你告訴我吧。」

「我跟你說，你把耳朵借給我。」

因為害怕被壞蛋聽到，所以小始附在父親的耳朵旁說道：

「小林說讓小綠喬裝改扮。」

「咦，什麼？小綠還只是個孩子啊！」

父親不禁叫了出來。

「是的。小林問我，小綠有沒有什麼熟悉的阿姨。我說如果有，應該是在品川區的一個阿姨。就是小綠很喜歡的野村阿姨。我告訴他阿姨的名字。

小林說，那麼就偷偷的將小綠送到阿姨那裡去，暫時請阿姨照顧。如此一來，就算那傢伙到我們家抓小綠也沒有用。

但是，送小綠走的時候被發現就糟了，所以要想個辦法。就是小林從附近帶五個男孩，是男孩喔，到我們家來玩。然後讓小綠偷偷換上其中一個男孩的衣服，在小林回去時，將扮成男孩的小綠帶走，若無其事的離開我們家。現在你知道了吧！

不過，還是要小心謹慎。叫我們平常叫的汽車，讓今井坐在駕駛座旁的位置上，平安的將小綠送到品川阿姨那裡。這個辦法很好，這樣應該就沒問題了。」

「原來如此，不愧是你們的團長小林，辦法很周延。爸爸也贊成。其實我正在煩惱，不知道將小綠送到哪裡比較好。因為又怕一路上都不安全，所以一直無法下定決心。」

父親似乎很佩服小林提出的方法，於是去和母親商量。母親沒有反對的理由，只好答應。

「那麼，帶來的男孩該怎麼辦呢？這件事情要瞞著他嗎？」輕聲問道。

「這無所謂。那個黑色傢伙只會看小綠，不會注意到其他人。就算被抓走，也不會有什麼危險。而且不久之後，小林就會來接他了。只要另外再準備一套類似的衣服，讓他換上，然後帶走就沒問題了。同一個男孩竟然走出我們家兩次，真是有趣，那個壞蛋應該根本沒想到吧。」

在小始的說明下，母親終於勉強同意。小始立刻打電話到明智事務所，利用事先說好的暗號，將結果告訴小林。

於是，小林帶著和小綠身高差不多的可愛男孩，在這天傍晚時分來到篠崎家。

馬上進入裡面的一間房間，進行小綠的喬裝打扮。穿著可愛的白領制服，頭髮則塞在大帽子裡，轉眼就變成一個看起來很勇敢的小男孩。

才五歲大的小綠，不知道到底發生什麼事情，可是穿著以往從未穿過的衣服，覺得很新奇。

一切就緒後，才對小綠說要帶她去品川阿姨那兒。小林從篠崎父親那兒接過拜託阿姨照顧小綠的信件，謹慎的放入口袋中。接著牽起小綠的手，故意好像要引人注意似的，從正門走了出去。

門外已經有汽車在等著。小林抱著小綠，進入今井打開的車門中，坐在後座。今井跟著坐在駕駛座旁的位置。車子靜靜的出發了。

天色已經非常暗，路上行人稀少。不久，汽車通過電車道，彎過寂靜的小巷，全速奔馳而去。

望向窗外，住家不多，來到一個極為荒涼的地方。

「司機，你是不是弄錯方向了？」

小林突然叫著。

但是，司機根本充耳未聞，沒有應答。

「喂，司機，你沒聽到嗎？」

小林再度大叫，拍拍司機的肩膀。這時，

「我聽得很清楚。」

在回答的同時，司機和今井全都轉過頭來。
啊，那張臉！司機和今井彷彿剛從煙囪裡爬出來似的，一臉漆黑。兩人同時露出白皙的牙齒，發出令人毛骨悚然的笑聲。各位讀者，這是兩個印度人。

司機就不用說了，但是，先前今井不是還下車開門嗎？今井是什麼時候變成黑色妖魔的呢？這根本不可能啊！難道這也是印度人獨特的神奇妖術嗎？

銀色徽章

小林覺得很納悶，先前在篠崎家門前，上車的時候，祕書和司機確實都是皮膚白皙的日本人。如果知道司機是印度人，小林不可能會坐上那輛車的。

而車子並沒有開很久，為什麼兩個日本人，突然轉眼就變成黑皮膚的印度人呢?究竟是怎麼一回事?聽說印度有堪稱世界最神秘的神奇魔術，難道這也是一種魔術嗎?

但是，現在沒時間想這事了，必須保護小綠才行。一定要設法跳出汽車，逃離敵人之手。

小林立刻將小綠挾在腋下，打開門，準備從奔馳中的汽車上跳出車外。

「嘿嘿嘿……不行不行，不要想逃走。」

黑色的司機好像在說單字似的，說著奇怪的日本話。兩個人的手伸到後座，兩隻手槍的槍口對準了小林和小綠的胸口。

「畜牲!」

小林咬牙切齒的罵道。如果只有自己，要逃走不難，但是不能夠讓小綠受傷，只好乖乖聽對方的吩咐。

看到小林似乎有點畏懼的模樣，印度人停下車。坐在駕駛座旁的傢伙下車打開後車門，先用痲繩綑綁小綠，再綁住小林。然後掏出事先準備好的手巾，塞住兩人的嘴巴。

留在駕駛座上的司機，一直用槍對著小林和小綠。所以，兩人根本無法抵抗。

但是，兩個印度人似乎沒有察覺到，小林趁著對方忙碌的空檔，做了件奇怪的事情。

那是當化身為今井的印度人，在綁小綠的時候，小林迅速右手放進口袋裡，取出一個閃耀著光芒，銀幣似的東西。而且為了避免被對方搶走，悄悄的將它擺在車子後座保險桿的縫隙裡。為了怕被印度人發現，只好一直往角落裡塞。

看起來好像是五十錢銀幣（大小與現在的十元硬幣相同），但不是銀幣，而是銀色鉛製的徽章，數目大約有三十個。

印度人絲毫不察，將兩人塞住嘴巴後，車門關了起來。印度人回到座位上後，車子又開始往前急馳而去。

置於車子後方保險桿縫隙中好像五十錢銀幣的徽章，隨著車子的搖晃，開始跳動，一個一個的落到地面上。

三十個徽章全部掉完，大約費時七、八分鐘。汽車在徽章完全掉下來後不久，就停在一個荒涼的小鎮。

後來才知道，這裡同樣是在世田谷區內，與篠崎家反方向，還沒有很多住家的荒涼住宅地。

車子停下來後，小林和小綠被兩個印度人從後座強拉下來，被帶進一棟矗立著的小洋房中。

進入洋房的門之後，小林又做了一件奇怪的事情。先前小林一直緊握著被反綁的右手，而且在盡量不被印度人察覺的情況下，一邊走一邊將手稍微張開。

小林右手緊抓著剛才提過的銀色徽章，一個一個的，無聲無息掉在柔軟的地面上。從汽車停下的地方開始到門內為止，五個徽章，每隔兩公尺丟一個。

各位讀者，這個像銀幣般的徽章究竟是什麼？小林為什麼有這麼多的徽章呢？而且為什麼要想盡辦法，將它留在汽車走過的道路或洋房的門前，其中到底有什麼涵意？請各位想像一下他的理由。

兩個印度人，拉著小綠和小林進入洋房裡，通過狹隘的走廊，來到裡面一個房間。定神一看，房間角落的地板上，有一個四方形的黑色洞穴，那是地下室的入口。

「進去。」

印度人以可怕的表情命令著。

小林雙手被反綁，好像連抵抗力都被奪走似的，無計可施。只好按照他們的命令，沿著入口的梯子，小心翼翼的進到地底的洞穴中。小林幾乎像是滑下去似的，橫躺在洞穴底部。其中一個印度人則將在樓梯上的小綠小小的身體扔在小林身上。

梯子被拉到天花板上，洞口被關了起來，地下室一片漆黑。

在黑暗中，被剝奪身體自由的小綠和小林，全都倒在地上。小綠臉上佈滿淚水，不停哭泣著。但是因為嘴巴被塞著東西，所以只能發出嗚

嗚……的嗚咽聲。

啊！可憐的兩個人，往後的命運會如何呢？

少年搜索隊

就在這時，篠崎家附近的養源寺門前，六個小學高年級的學生，邊走邊聊。

帶頭的正是篠崎的親戚桂正一。小桂在學校聽到篠崎家發生的事情之後，首先打電話給表弟羽柴壯二。羽柴再將此事轉達給其他少年偵探團的團員，大家在小桂家集合，然後一起到篠崎家。團員中有三人有事不能來，所以只有來了六人。

少年偵探團員約定，只要同伴中有人發生任何不幸，就一定要互相幫助。現在團員篠崎始家遇到可怕的惡魔，而且還是最近傳遍東京的「黑色妖魔」，少年偵探團當然不可能再姑息下去。團長小林已經應篠崎之邀出動，所以大家變得愈來愈勇敢。我們一定要親手抓到「黑色妖魔」，為少年偵探團立功。團員們個個鬥志高昂。

來到養源寺，桂正一佇立在門前，對大家說明他幾天前的晚上的冒險經歷。各位讀者，應該還記得，當時黑色怪物在養源寺的墓地中，銷聲匿跡的事吧。

「他真的一下子就消失不見了，雖然我不相信有什麼妖怪，但是在墓地中，又是一片漆黑的夜晚，真的嚇得我毛骨悚然，只好落荒而逃。這個墓地就在本堂的後門處。」

小桂進入寺門內，手指著本堂的後門說道。幾個人跟著小桂，陸續走進門內。黃昏時分，大家在寂靜的寺廟內到處搜索，這時，年紀最小的羽柴壯二好像發現什麼似的，嚇了一跳，抓住小桂。

「正一，你、你看那裡，那是什麼啊？」

壯二語帶顫抖，小桂趕緊看著他所指的地方。門旁矮籬邊的低矮樹叢中，有東西在那兒蠕動著，看起來好像是人的腳。人的腳在樹叢中出現，彷彿蟲一般的蠕動著。

每個人都發現了，但就算是偵探團，也都還只是孩子，所以都嚇得呆立不動。大家面面相覷，差點就想逃走。

這原也無可厚非。在四周景物朦朧的傍晚，寺廟內一片死寂，再加上先前聽到小桂的怪談，現在又在微暗的樹叢中乍見人的腳，就算是大人也會嚇一跳。

「好，我去看看。」

不愧是相撲選手，桂正一將驚恐的一群人留在原地，獨自一個人往樹叢靠近。

「是誰?誰躲在那兒?」

大聲叫著，但對方並沒有回應。似乎也不想逃走，只是像蟲一樣的腳還在原地，劇烈的移動著。

小桂向前走近兩、三步，緊盯著樹叢。接著好像看到什麼似的，突然呆立著。回頭對一行人招招手。

「快過來，有人被綁住。有兩個人被綁在這裡，快過來。」

知道不是妖怪，團員們趕緊跑過來。

定睛一瞧，在樹叢後方有兩個大人，手腳都被綁住，嘴巴裡還被塞了東西。其中一個人，外套已經被脫掉，只穿襯衫和內褲，模樣相當狼狽。

「咦，這不是篠崎家的祕書嗎？」

小桂指著穿著襯衫的青年。

六個人為他們兩人鬆綁，取出塞在嘴巴的東西。兩個大人終於可以開口說明事情始末。

穿著襯衫被綑綁的是篠崎家的祕書今井，另一個穿著西服的男子則是經常出入篠崎家的汽車司機。

不用兩人說明，想必各位讀者都已經知道。今井按照主人的吩咐去叫車，選擇較熟悉的司機，兩人在回篠崎家的途中，經過養源寺的門前時，突然遇到蒙面怪盜，用槍抵住他們，不由分說就將他們綁住。

其中一名怪盜剝下今井的西服，假扮成今井。兩個人跳上搶來的汽車，不知道駛向何方。

團員們立刻和兩個大人趕到篠崎家，報告事情的前後因果。聽到他們的報告，篠崎的父母嚇得臉色慘白。

既然今井二人發生這種事，那麼先前載走小林和小綠的，一定是印度人喬裝改扮的司機。現在他們一定被帶到賊窩去了。

打電話通知警方後，當地警局和警政署都派人過來，連搜查組長都開車來到篠崎家。篠崎家引起了一片大騷動。

所幸還記得汽車的車牌號碼，於是立刻出動全東京都的警察開始追蹤。但是，犯人一定不會將車停在門前，可能會先開往他處丟棄。即使找到車子，恐怕也很難找到賊窩。

另一方面，包括篠崎始在內的七名少年偵探團團員，盡量不妨礙大人處理事情，全都聚集在門前商量對策。我們絕對不能袖手旁觀。我們和警察不同，應該盡量發揮我們的能力。七個人兵分多路，沿著汽車開走的方向繞一圈，仔細的搜證。

只要知道盜賊的汽車沿著玉川電車的路線在何處轉彎就夠了，於是七個人朝這個方向走去，來到十字路口時，兩、三人併為一組，往小徑前進。並且詢問香菸店的大嬸，有沒有發現汽車從這兒開走，如果沒有線索，就再回到原先的電車道，朝下一個十字路口搜尋。以組織性的搜查方法，不斷的搜查。

地下室

話題轉到被扔在地下室的小林和小綠身上。在黑暗中，一時之間根本沒有動彈的勇氣，兩人早已疲累不堪。等到眼睛漸漸熟悉黑暗之後，隱約發現似乎有一絲光芒。這裡大概是六個榻榻米大，非常狹窄的水泥洞穴。一般的住宅，應該沒有這麼奇特的地下室，可能是印度人買了這棟洋房，為了方便逞兇，故意挖的洞穴。牆壁和地上的水泥，感覺是剛鋪上去不久的。

小林終於恢復元氣，站在黑暗中。但是，只聞到潮濕的水泥味，並沒有任何的縫隙，根本無法逃脫。

他忽然想起，在戶山原怪盜二十面相的巢穴中，被關在地下室時的情景。當時天花板上有一個窗子，他利用七種道具及鴿子嗶波逃離地下室。但是這次不僅沒有窗子，也根本沒有料到會被敵人抓入賊窩中，所以沒有準備任何道具，甚至連筆型的手電筒都沒有帶。

雖然沒有逃走的機會，但為了以防萬一，還是得先讓身體恢復自由才行。

於是小林背對小綠，用還能稍微活動的手指，希望能夠解開綁住小綠的麻繩。

想在黑暗中，以不靈活的手指解開綑綁的麻繩，著實困難。經過一段漫長的時間，終於達到目的，小綠的雙手重獲自由。

年僅五歲的小綠，機靈聰敏，立刻了解小林的想法，首先，拿掉塞在嘴巴裡的東西。雖然仍在哭泣，但還是繞到小林背後，摸索著為他解開麻繩。

即使費時甚久，小林還是重獲自由之身。取下塞在嘴巴的東西後，才鬆了一口氣。

「小綠，謝謝妳，妳真聰明。不要哭了，警察叔叔很快就會來救我們，不要擔心。來，到我這兒來。」

小林說著，將小綠拉近自己，用雙手緊緊抱住她。

不一會兒，突然聽到天花板響起腳步聲，好像有人停在地下室的入口似的。

抬頭看著黑暗的天花板，雖然看不清楚，但發現天花板上有個小洞被打開，依稀有根粗大的管子伸了下來，約為直徑二十公分的粗管。

咦，奇怪！到底要做什麼呢？還在盯著管子瞧時，聽到喀喀喀……的聲音。粗大的管口突然冒出白色的泡沫，接著水如瀑布般急湧而下。

是水，是水呀！

各位讀者，你想這時候的小林有多麼震驚啊！

黑色怪物難道想要用水把小綠和小林淹死嗎？傾盆而落的水，眼看就要將六個榻榻米大的地下室灌滿，兩人就要在水中溺斃。

水朝著地下室的地面，好像洪水般不斷流入，不能再坐著了。小林抱起小綠，躲到不會被水花濺到的地方。

水很快就淹到站著的小林足踝，然後慢慢的淹到小腿肚。

就在此時，少年搜索隊的篠崎和小桂一組，終於找到印度人開車駛過的荒涼的廣場附近。

這條道路因為太過荒涼，所以先前並未仔細搜查。來回走了幾遍，依然不放棄，再走過來，正打算在黃昏進入微暗的廣場時，在不遠處發現點心店門前有一個七、八歲的男孩。

「喂，篠崎，你看，那孩子的胸口掛著發亮的徽章，很像是我們的ＢＤ徽章。」

聽到小桂這麼說，兩人走到男孩身邊一看，掛在他胸前的確實是少年偵探團的ＢＤ徽章。

ＢＤ徽章是小林提案想出來，最近才做好的偵探團員的紀念章。ＢＤ是由Boy（少年）和Detective（偵探）的Ｂ與Ｄ組合起來，設計成徽章的圖案而成的。

「這徽章在哪兒找到的，你在哪兒撿到的？」

抓著男孩詢問。小男孩似乎怕徽章被搶走，一直警戒著。

「就掉在那裡嘛，我撿到就是我的。」

說著瞪著兩人。

小孩手指的方向是一個寬廣的廣場。

「這可能是小林故意掉在這裡的。」

「嗯，說的對，這是重要線索。」

兩個人大叫著。

小林想出的ＢＤ徽章，除了是團員的紀念章之外，還具有各種的用途。首先，因為它是以沈重的鉛製成，平時如果在口袋裡準備一堆，遇到緊急情況時，可以當成小石頭來用。其次是，一旦被敵人抓住，可以在紀念章背面軟鉛表面，用刀子刻上文字，扔到窗外或圍牆外，藉此和外界通訊。第三是，在背面的針上繫上繩子，測量水的深度或物體的距離。第四是，在被敵人綁架時，將其丟在路上，當成追蹤的標誌。小林總共寫了十條ＢＤ徽章的功能。

團員們就好像美國的刑警一樣，將徽章別在衣服胸口內側。有時會掀給別人看，說自己是偵探。除了胸前的徽章，各個口袋裡，相同的徽章還準備了二、三十個。

小桂和篠崎聽到男孩是在那條廣大的道路上撿到ＢＤ徽章，於是立刻想起第四個用途，也就是小林用來當成搜索隊的路標而丟在地上的。

各位讀者，相信你已經知道。小林被印度人綁在車上時，偷偷從口袋裡抓出來，塞在保險桿縫隙，彷彿五十錢銀幣的東西就是ＢＤ徽章。而小林的目的已經達到了。

篠崎、小桂兩名少年，取出準備好的筆型手電筒，沿著男孩告訴他們的地點跑去。他們一邊照亮地面，一邊積極尋找有沒有其他徽章掉在地上。

「啊，有、有，這裡，這裡掉了一個。」

隨著手電筒的光，發現了新的鉛製徽章閃耀的光芒。

「敵人的車一定開過這條路，趕快吹哨子，要大家集合。」

兩人從口袋的七種道具中拿出哨子，拚命吹著。

哨音響徹夜空，尚未走遠的其他五位團員聽到哨音，也紛紛拿出哨子呼應。不久，團員們全都聚集在廣場上。

「喂，你們看，路上掉了兩枚BD徽章，一定是小林的。只要仔細找找，一定還有其他的。大家分頭進行。只要沿著掉落的徽章找去，就可以找到犯人的賊窩。」

在小桂的指示之下，五名少年各自拿出筆型手電筒，一起沿著地面尋找。彷彿七隻螢火蟲在黑暗中飛舞似的。

「找到了，找到了！這裡這個已經沾滿了泥土。」

一名少年在前方又撿起一枚徽章，目前總共三枚。

「很好，很好，再往前進吧！我們逐漸接近黑色怪物了。不愧是小林，想得真周到。」

七隻螢火蟲在廣大的黑暗中，朝著遠方漸行漸遠。

※　※　※

地下室的積水已經一公尺深了。

抱著小綠的小林，勉勉強強站立著。水已經淹到胸口。

從天花板管中傾瀉而下的水，依然無情的流著。

小綠好像在地獄中似的，非常害怕。從先前就一直哭叫著，現在已經哭不出聲音來了。

「別怕，哥哥在這裡，不會有事的。我很會游泳喔，這些水根本不算什麼。而且警察叔叔一定會來救我們的，好孩子，緊緊抓著我。」

水不斷的增加，小林的不安開始擴大。即使是春天，泡在水中也非常的冷。

難道我和小綠就淹死在沒有人知道的地下室裡了嗎？即使在路上留下偵探團的徽章，如果團員沒有經過那裡，根本找不到我。明智老師為什麼不在呢？如果他現在在東京，一定會奇蹟似的出現，解救我們。

在小林思考的時間，水位不停上升。

在水中漂浮，想站起來都很困難。

小林揹著小綠，要小綠緊抱著自己，開始在水中游泳。為了去除寒意，不得不活動手腳。

但是這麼做又能維持多久？揹著小綠這個重擔的小林，最後會耗盡力氣而溺死嗎？不，應該說，水量不斷增加，一旦滿到天花板時，該怎麼辦呢？屆時就算想游泳，也不能游，根本連呼吸的空間都沒有了。

消失的印度人

就在這時，篠崎始、相撲選手桂正一，以及羽柴壯二等組成的七名少年搜索隊，很快就發現印度人逃走的道路。

那是藉由小林在被印度人帶走時，從車上丟下少年偵探團的徽章成為路標才找到的。七名搜索隊員找尋著散落在夜道上的銀色徽章，終於來到奇怪洋房的門前。

「咦，這裡好奇怪。你看，門裡也有徽章。啊，那裡也有。」

發現徽章的羽柴，對桂正一耳語道。

「嗯，是真的。再找找看，大家全都趴下來找。」

當小桂招手時，七名少年立刻消失蹤影。當然不是變魔術消失的，而是在一聲號令下，大家全趴在黑暗的地面上。團員個個有條不紊按照命令行事。

就好像黑色的蛇在爬行一樣，七人鑽進洋房門中。調查地面時，發現從門到洋房的長廊間，有五個徽章。

「啊，真的在這兒。」

「嗯，小林團長和小綠一定被關在這棟屋子裡的某個地方。」

「一定要快點救出他們才行。」

少年們趴著輕聲說道。

七人當中，身體最輕的羽柴，爬上門廊，從門縫往裡面看，發現裡面空無一人。

「繞到後面，從窗子偷看一下。」

羽柴對大家這麼說，然後爬到建築物後門，一行人跟在他的身後。到了後門，發現二樓一間房間有燈亮著，但是，無法直接看到二樓的情況。

「有沒有人帶繩梯來？」

一名少年摸摸口袋，耳語著。在少年偵探團的七項道具中，有用絲線製成的輕巧繩梯。捏成一團，非常的小。

「不行，扔繩梯發出聲響就糟了，還是疊羅漢。就騎在我的上面。羽柴最輕，站在最上面。」

桂正一說完，雙手扶著洋房的牆壁，雙腳岔開，穩穩的踩在地上。

相撲選手小桂，的確很適合當疊羅漢的踏台。接著一名體型中等的少年爬到小桂的背上，腳踩在他的肩上，手扶著牆壁蹲下。

最後輪到比較輕的羽柴，好像猴子般，爬過兩人的肩膀，雙腳踏在第二名少年的肩上。

這時，彎著腰的小桂和第二名少年站直身子。最上方的羽柴的臉，正好可以到達二樓窗下的縫隙。

就好像雜技團的表演，偵探團團員們，平常就經常做這種練習，以備不時之需。

羽柴的手攀在窗緣上，看著房中的一切。窗子雖然被窗簾遮住，但卻露出很大的縫隙，可以窺探裡面的一舉一動。

裡面究竟是什麼？這真是出乎少年們意料之外。看到房中的光景，羽柴不禁「啊！」的輕叫出來。

房間的正中央，坐著兩名表情猙獰的印度人，皮膚如墨般黝黑，眼睛閃現著白光，嘴唇豐厚，連服裝都和照片中看到的印度人一模一樣。

頭上纏繞著白布，有如帽子似的，捲成頭巾。身著大斗篷般的白布，從肩上罩住全身。

印度人前方的牆壁上，掛著好像妖魔般的可怕佛像畫，而其前方檯上的大香爐，燃燒著紫色的煙霧。

兩個印度人坐著，面向牆壁上的佛像，朝佛像不斷膜拜。難道是想藉由魔法的力量殺死小林和小綠嗎？

眼前的情景讓人觸目驚心。這種事真的會在東京發生嗎？或許在那可怕的魔法國也經常進行這種恐怖的儀式吧。羽柴看了以後，心裡覺得很不舒服，不願意再看下去。

朝下做出信號，下方的兩人立刻蹲下，將羽柴放到地面。羽柴在黑暗中輕聲的向其他人敘述方才看到的景象。

「這下真相大白了。徽章掉在這裡，而且還有兩個印度人，這裡一定是賊窩。」

「那麼，我們是不是要偷溜進去，捉住他們呢？」

「不，應該要先救出小林團長和小綠。」

「等一下，先不要著急！」

制止七嘴八舌討論的少年們，桂正一穩重的說道。

「就算人數眾多，但是光靠我們的力量，根本不可能抓到那兩個好像會使用魔法的印度人。如果被他們發現就糟了。大家按照我的指示來佈署。」

於是，小桂指派人看守大門、後門，再派人待在庭院某處，包圍整棟建築物。

「如果看到印度人偷偷逃走，立刻吹哨子。篠崎，你跑得比較快，你就擔任傳令兵，趕緊跑到電話亭，打電話到你家，告訴他們發現犯人的賊窩，請他們立刻趕來。我在這兒看守，絕對不讓他們逃走。」

代替團長的小桂，斬釘截鐵的做出指示。

篠崎回答「好」，在原地做好準備就往外跑。其餘六人各就各位之後，從四面八方監視洋房內的動靜。

但在此同時，小林難道不會溺斃嗎？水還沒淹到天花板嗎？也許已經為時已晚。快點，快點，警察快點趕來吧！

接到篠崎的通知，正好在篠崎家警政署的中村搜查組長，帶領數名手下坐上車，大約費時二十分鐘，趕到洋房。

啊！中途實在耗費掉太多時間了。

少年搜索隊光是撿拾徽章，就花了一小時的時間。表示小林揹著小綠在水裡游泳，已經過了這麼漫長的時間，兩個人還平安無事嗎？就算警察趕到，也許已經來不及了。

知道警察趕到，小桂從黑暗中跳了出來，對中村組長說：「犯人還在建築物裡，沒有人逃走。」

中村組長稱讚小桂等人的機警，同時要兩名手下繞到建築物後面，自己則在兩名警員的跟隨下，來到門廊按下門鈴。

按了兩、三次，裡面的燈關掉了，這時聽到人的腳步聲，有人轉動門把。

就算是印度人，相信現在也無計可施。還不知道來訪的是警察，正打算出來應門呢！

中村組長認為屋內只有兩名印度人，所以打算在他們開門的同時，立刻一湧而上，擒住犯人。

然而打開門後，站在門內的不是黑色的印度人，而是風度翩翩的日本紳士。

是個年約三十歲，白皙的臉龐蓄著小鬍子的英俊紳士，身著合身的西裝，笑著看著來人。

「你是？」

中村問道。

「我是這裡的主人春木，碰巧你來了，我正想打電話找你。」

對方說出令人意外的話，就連警官都覺得很納悶。

「屋內應該有兩個印度人……」

不禁脫口而出。

「噢，你連印度人的事都知道啊。我不知道他們是壞人，還把房子租給他們……」

「你是說你把房子租給兩個印度人？」

「但是，啊，先請進，我們再詳談。」

紳士說著，率先走進屋內。中村組長和兩名警員跟在身後。

「就在這裡，兩人都平安無事救出來了，如果我再晚一步，恐怕他們就沒命了。」

紳士說些莫名其妙的話，同時打開房間的門，招手要警官們過去。

中村組長繼紳士之後踏進房內，赫然看到令人意外的光景，嚇了一跳。

房間角落的床上，小綠正熟睡著，而在其床邊的椅子上，小林身著大人的睡衣，挨著床坐在椅子上。

「這究竟是怎麼一回事？」

中村組長感到驚訝萬分。

「事情是這樣的。」

紳士請組長坐下，對他說明事情的始末。

「我原本是和僱用的廚師兩人過著單身的生活，今天一大早外出，才剛回來就發現家中空無一人。二樓房間住著印度人，但是他們已經不在，廚師也不見了。

我不知道發生什麼事，覺得很奇怪，於是搜查家中。終於在廚房的角落發現廚師，但他手腳都被綑綁，口中也被塞了東西。

解開他的繩子，詢問詳情。他說，二樓的印度人不知道從哪兒回來之後，就把他綁起來了。而且不只如此，根據他的說法，印度人還帶了這些小孩回來。他們似乎被帶到地下室去了。因為先前他還聽到小孩的哭泣聲。

我覺得很驚訝，立刻趕到地下室去，結果卻看到，地下室就好像水槽一樣，積滿了水。這位叫做小林的少年，正揹著小女孩在裡頭游泳，力氣似乎已經耗盡，快要溺斃。

我趕緊救起兩人。小女孩發高燒，所以躺在床上。經由小林的敘述，我才知道事情的緣由。當我正打算打電話到小女孩的家中並通知警察時，正好你們就來了。」

聽完紳士的話，中村組長嘆了一口氣，說道：

「原來這樣。不管怎麼說，能夠及時救起他們，真是太好了……。不過，印度人真的不在了嗎？你有沒有好好搜查過？」

「我已經找過一次，為了安全起見，還是請你們再檢查一次吧。」

「好，那麼我們就再搜查一次。」

於是組長叫回繞到屋後的兩名警官，五個人分頭進行搜索。無論是壁櫥、天花板或地下，全都仔仔細細查看過，結果並沒有任何發現。

真是不可思議！從羽柴在二樓窗口窺探到印度人，到警察趕來，僅僅二十幾分鐘的時間，兩個印度人怎麼會像煙一般消失？

在建築物外，更有六名少年偵探團團員小心謹慎看守著，印度人又是如何避開他們的監視呢？

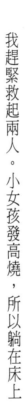

看來他們是真的會魔法的人。也許根本就不需要到建築物外，只要在二樓的房間中念些咒語，就可以瞬間消失。

各位讀者，還記得黑色妖魔在養源寺的墓地中，以及在篠崎家的庭園突然消失的事情嗎？相同的奇蹟又發生了。也許這兩名印度人的行為根本不能用物理學的原理加以解釋。

中村組長立刻將這件事向警政署報告，通知全東京的警察局、派出所追捕印度人。可是就在一、兩天內，印度人卻徹底失去蹤影。不光是消失，也許他們還會飛行術，早就飛越海洋，回到祖國去了。

四個謎

在世田谷的洋房，印度人消失後過了幾天，因為偵探事件而出差到東北地方的明智名偵探，解決事件後回到事務所。

回來後，他並沒有休息，而立刻將助手小林叫到書房，詢問他不在時發生了哪些事情。

小林已經恢復元氣，聽說小綠第二天也退燒了，在父母身旁玩得很高興呢！

小林看到明智先生時，似乎等待他好久似的，趕緊詳細的報告關於印度人的事件。

「老師，我真的不知道這究竟是怎麼一回事？但是我不相信大家說的印度人會魔法。也許有一些人類的智慧無法想像到的祕密吧！請你告訴我，我們一直想知道老師您的看法。」

小林視明智老師為全能的神，他相信世上沒有老師不知道的事情。

「嗯，我在出差的地方也看過報紙的報導，我的確有某些想法。可是就算你這麼催我，我也無法立刻回答你啊！」

明智偵探笑著。他坐在安樂椅上，雙腳交疊，抽著喜愛的埃及菸。這是明智偵探深思時的習慣動作。一根、兩根、三根，菸不斷的變成灰燼。紫色煙和埃及菸的味道瀰漫整個房間。

「對了，你到這兒來一下。」

明智偵探突然從椅子上站起來，走到掛在房間牆上的東京地圖旁，對小林招招手。

「養源寺在何處？」

小林靠近地圖，指出正確的場所。

「那麼篠崎家呢？」

小林又指著地圖。

「正如我所想像的，小林，我知道其中的祕密了。雖然養源寺和篠崎家感覺好像距離很遠，但是我想它們應該是互通的。看地圖就可以知道，兩地之間只有兩、三戶住宅，大約相隔不到十公尺。」

偵探若有所思似的，微笑看著小林。

「啊，我真大意。表面上好像分屬不同的鎮，距離似乎很遠。但我還是不明白老師說這句話的用意。」

「沒什麼，我還在思考。就把它當成你的作業吧！」

偵探說著，又坐回原先的安樂椅，陷入沈思中。

「不過，小林，這事件確實有很多無法用一般常識說明之處，將它一一列舉出來，是學作偵探的第一課。首先，從事件中找出奇妙之處，再加諸各種解釋以解開謎團……。

以這個事件為例，首先是黑色妖魔，出現在東京各處，驚嚇眾人，你想犯人為什麼要這麼做呢？

這次犯罪的目的是想要偷到篠崎家的寶石，並且綁架女孩小綠。但是黑色妖魔卻大費周章到處現身，而且正如報上所言，似乎是要我們對於黑色人種抱持警戒之心。

另外，黑色妖魔慢慢的接近篠崎家，做出一些誘拐小孩的舉動，甚至抓錯兩個女孩。

既然知道寶石在篠崎家，特地從印度趕來，思慮周密的犯人，怎麼可能會犯這種錯誤？難道是因為事先沒有調查過小綠的長相嗎？

小林，你不覺得這一點很奇怪嗎？似乎不合常理。」

「嗯，我先前也想過這個問題，真的是有點奇怪。那個人好像是在向眾人宣傳，我就是這樣的印度人，這就是我的手法，好像是在做廣告一樣。」

小林似乎想通了，用訝異的表情，抬頭看著老師。

「沒錯。普通的犯人多半會想隱藏自己的身份，怎麼可能自暴行蹤呢？小林，你了解他們這麼做的目的嗎？」

偵探說著，臉上露出奇怪的微笑。但是，小林不明白老師到底在想些什麼，因此，看到這種微笑，讓他覺得有點不舒服。

「第二點是，印度人以忍術般的手法消失，讓人覺得很不可思議。第一次是在養源寺的墓地，第二次是在篠崎家的庭院，還有一次是在世田谷的洋房。這些你都已經知道了。那天晚上，洋房周圍有六個少年偵探團的孩子看守著，既然如此，犯人就不可能逃走。」

「小桂絕對不會這麼疏忽。雖然只是小學生，但他們都很努力，我相信他們。」

「看守大門的是誰？」

「是小桂和小原。」

「原來是這兩個孩子。那麼，他們有沒有看到這個叫春木的洋房主人回來呢？」

「說得對，我也覺得很不可思議。他們兩人都沒有看到春木先生回來。他們發現兩個印度人在二樓的房間裡時，就各就各位，負責監視。而春木先生應該是在他們佈署好之後才回來的，所以他一定要通過小桂等人的眼前。畢竟這家的主人不可能從後門進來，再說看守後門的團員們也說沒有任何人進出。」

「嗯，愈來愈有趣了。對於這些匪夷所思的事，你如何解釋呢？你沒有跟警察說嗎？」

「小桂曾經對中村先生說過，但是中村先生卻不相信。他認定他們沒有發現兩個印度人逃走，當然也不會發現春木先生回來。孩子們說的話，大人都不相信。」

小林有點憤慨似的說道。

「哈哈……這更有趣了！沒有察覺到兩個印度人出去，也沒有看到春木進來？哈哈……」

明智偵探，似乎覺得很有趣似的大笑。

「但是，你是由春木先生從地下室救出來的，你應該有看清楚春木先生，他難道不是印度人假扮的嗎？」

「不可能，他的確有日本人的膚色，絕對不可能是漂白的。我待在房間很長一段時間，我敢如此斷言。」

「警察後來有沒有調查春木的身份呢？」

「好像有，不過，沒什麼可疑的地方。春木住在這棟洋房已經三個月了，附近的警員也認識他。」

「噢，警員也認識他，愈來愈有趣了。」

明智偵探不知道想到什麼，一臉很愉快的模樣。

「還有第三個問題，你在篠崎家門前帶著小綠上車時，當時是祕書今井為你們開車門，那麼，你是否有看清楚今井的臉呢？」

「啊！老師不說，我都沒有注意到。我的確有看到今井的臉，可是在汽車發動後不久，他卻突然變成膚色那麼黑的人。我一直猜不透，覺得很不可思議。」

「但是，今井卻被發現綁在養源寺的墓場，難道會有兩個今井嗎？不，也許應該有三個也說不定。在墓地被綁住的今井，還有打開車門，坐在駕駛座旁的今井，以及在汽車奔馳時，變成印度人的今井，總共有三個人。」

「對，我一直不明所以，好像在做夢一樣。」

小林在和明智偵探談話時，愈來愈覺得這件事情疑雲重重，根本無法破解其中的奧妙，連他都覺得自己好像已經身陷在魔幻般的手法中。

「小林，你回想一下。你坐在車上，有沒有看到兩個印度人的後脖頸？當司機和助手看著前方時，你有沒有注意到他們的後脖頸？」

偵探問著奇怪的事情。

「後脖頸，是這裡嗎？」

小林按住自己的耳後問道。

「對，你有沒有看清那裡的皮膚顏色？」

「啊！我沒有注意到。兩個人都戴著鴨舌帽，而且都戴得很深，根本看不到耳後。」

「很好很好，你非常的仔細，這樣就夠了。接著是第四個問題，就是犯人為什麼不殺小綠？」

「咦，什麼？他們當然想殺我們，甚至要把我們淹死呢！」

「但是，他們並沒有這麼做啊！」

偵探又笑了起來。

「仔細想想，印度人綁了廚師，難道就沒有準備什麼狠毒的伎倆伺候主人春木嗎？春木外出，不知道什麼時候回來。回來之後，聽到廚師的報告，也許就會跑到地下室救出你們。如果你們獲救，那他們特地綁架你們的苦心不就化為泡影了嗎？難道他們會完全不在意小綠的死活，看也不看就逃走了嗎？和之前執意要綁架小綠的行為相比較，是不是太掉以輕心了？像現在，你和小綠都獲救了，那麼，他們為什麼還要大費周章的計劃呢？這不是莫名其妙嗎！

小林，你明白了吧？犯人根本就不想殺死小綠，哈哈……真是太有趣了，全都是在演戲。」

偵探似乎又覺得很有趣的大笑。小林卻仍不明所以。不知道老師在想些什麼，思及此，他覺得有點害怕。

「小林，你要解開這四個問題的答案。如果四個答案都對，那麼就可以解開整個事件的祕密了。我還沒有完全解開謎團，還有許多尚待確認的事情，但是我卻已經模糊的看到，躲藏在這個事件背後偷笑的妖魔的真面目。

別看我在這兒笑，一想到妖魔的真實身份，我也覺得很可怕。如果真如我想的，那可能會嚇到令人冒汗呢！」

明智偵探露出正經的表情，壓低聲音，嚴肅的說著。

看到他的表情，小林不禁背脊發涼。彷彿覺得妖魔正從背後撲過來似的。

「不過，小林，我還要你回想一件事情。你說你當時有仔細看春木先生的臉，也許你……」

說到此處，他在小林耳畔低聲不知說了什麼。

「咦，什麼？」

小林聞言，臉色蒼白。

「真的嗎，真的嗎？怎麼可能……」

小林好像真的看到妖魔似的，雙手以要擋住妖魔的姿態伸向前方，不斷的往後退。

「不，也沒那麼可怕啦！可能只是我的猜測。但是，你要仔細思考先前我提的四個問題。不過，在尚未得到確認前，什麼都不能說。我今天想去會會春木，他的電話號碼是幾號？」

接著，明智偵探翻閱電話簿，打電話給春木。

各位讀者，明智偵探究竟在小林耳邊說了什麼？聞言，小林為什麼這麼害怕。

明智偵探說，如果四個疑問都解開，自然就知道事情的真相。各位讀者，能夠解開謎團也是一大樂事，但是，這一次的謎非常複雜，答案出人意料之外，不是那麼容易解開的喔！下一章就要進入解開謎團的場景，令人毛骨悚然的妖魔，真實面貌即將被揭開。

倒掛的頭

明智詢問了有關印度人租的洋房主人春木的許多事情之後，立刻打電話給春木約訪。春木白天有事，於是約定晚上七點。

偵探和春木約好之後，立刻離開事務所。在見到春木之前，似乎還必須展開一番調查。

小林拜託明智讓自己跟去，但是明智卻說：「你的疲勞沒有完全恢復，還是在家看守。」

明智偵探到底到哪兒去，在做些什麼？屆時各位讀者就知道了，在此暫時不提。這天晚上七點，偵探來到春木家拜訪。

青年紳士春木，親自到玄關接他。一看到明智偵探的臉，很高興的笑著說道：

「我等你很久了，你的大名如雷貫耳，早就想見見你，跟你聊聊。你可以登門造訪，我真的很高興。請進。」

將他帶到二樓氣派的接待室去。

當兩人坐下，正在進行初次見面的寒暄時，一位三十歲、身穿白領上衣的廚師端了紅茶過來。

「我的妻子已經過世，目前獨身，家裡只有我和廚師兩個人。家太空曠了，於是租給兩名印度人。因為他們真的拿了介紹信來，所以我很信任他們。」

春木目光追逐著離去的廚師背影，說道。

這時，明智偵探趕緊切入正題。

「那天晚上的事情我已經聽說了，但是，那兩位印度人竟然能在極短的時間內消失，我感到很納悶。

你也知道，孩子們組成偵探團。那天晚上，中村組長趕到這裡的二十分鐘前，這些孩子就已經確認那兩人就待在二樓的房間裡，你比警察們早一步回家，這時，印度人卻已經消失不見，真的很不可思議。

六個孩子在你們家四周看守著，無論是從大門、後門，或者是要跳過圍牆，如果他們當真要逃走，不可能逃過孩子們的眼睛。」

春木點頭說道：

「嗯，關於這一點，我也覺得非常奇怪。這些人真是超乎我們的想像，似乎會妖術似的。」

說著臉上露出難看的表情。

「但是還有一件奇怪的事。你回來時，孩子們已經確定印度人在你家，而且警察也還沒趕來。孩子們早就佈署好監視的位置……你是不是從大門走進來的呢？」

「對，我從大門進來的。」

「那時候有兩個孩子守著大門，難道你沒有看到他們像門柱一樣守在那兒嗎？」

「噢，真的嗎？我一點都沒有察覺，也許他們那時剛好跑到其他地方了吧！他們雖說嚴密監視，但畢竟是年紀不大的小學生。可能是沒有耐心吧！」

「不過，你千萬不要低估小孩子。一旦他們認真想要做事，就像大人一樣，是不會心有旁騖的。我反而認為小孩比大人更值得信賴呢！今天我來訪之前，事先做了一番調查。其中一件是去見當時守著大門的孩子。仔細詢問之後發現，他們根本就沒有離開現場，所以不可能跑到別的地方去。孩子是不會說謊的。」

「你是說孩子有看到我囉？」

「不，沒看到你。沒看到有人進去，也沒看到有人出來。」

明智偵探，說著，瞪著春木英俊的臉龐。

「這麼說，我好像會變魔術一樣，真是有趣，哈哈哈！」

春木的笑容有些僵硬。

「哈哈哈……」

明智偵探，似乎也覺得很有趣似的笑了起來。

「你知道減二、加二的意思嗎？表示又恢復原來的樣子。這是簡單的加減計算。」

偵探好像在說謎語似的，又轉到別的話題上。

「我今天在養源寺的墓地和篠崎家的後院，發現一件有趣的事。你猜是什麼？就是那裡有一條和這裡相連的狹窄走廊洞穴。

雖然養源寺和篠崎家鎮名不同，大門好像相距很遠，但其實後面只隔了十公尺的空地，幾乎是相連的。

印度人就是利用別人好像覺得這兩個地方相隔很遠的想法，挖了一條地道，然後才使用看起來魔術般的消失手法。

養源寺的墓地擁有老舊的石塔台石，下面就是地道的入口。而在篠崎家的庭院中，在洞穴上蓋上厚板，再鋪上種了草的土，若不仔細看，就和一般地面沒什麼兩樣。洞穴入口附近種植許多樹木，更顯得昏暗。真的是很好的手法。

印度人從墓地中消失時，利用這個地道逃到篠崎家。偷走篠崎家寶石時，還是通過這個地道跑到養源寺。兩個入口雖然位於不同的城鎮，但是距離並不遠，哈哈哈……這就是印度人會變魔術的原因。」

聽到這番話，春木一臉訝異，但仍舊按捺住心中的震驚。

「既然只是要偷寶石，為什麼要這麼大費周章呢？應該有更簡單的方法才對。」

春木問道。

「就如你所說的，竊賊的確浪費很多的工夫。不過，說到浪費，事實上，還有更大的浪費。春木先生，這就是此事件的奇妙之處，也是非常有趣的一點。」

明智偵探好像暫時不打算說明似的停止話題，一直看著對方。

「你說的更大浪費指的是什麼？」

「就是印度人在隅田川游泳，在東京各處徘徊，藉此震驚世人。另外，還有兩次故意抓錯人，擄走和篠崎家的小綠同齡的女孩。為什麼要做這種白費工夫的事？春木先生，你認為呢？」

「這……我可不知道。」

春木臉色蒼白，語帶恐懼似的回答。

「你不知道？好，我告訴你我的看法。就是他們想要自我宣傳，我是漆黑的印度人，我準備綁架篠崎家的女孩。與其是向世人，不，應該說是想事先通知篠崎家的主人，讓他誤以為印度人真的是從祖國千里迢迢趕到日本來，偷受到詛咒的寶石。

為什麼，為什麼他要做這樣的宣傳呢？

如果真的是印度人為了復仇而來，絕對不會大肆宣揚，而會隱姓埋名，低調行事。可是他們反而做了相反的事，所以，這個問題的答案也要反過來講。」

「咦，反過來講？」

春木掩不住驚訝。

就在兩人提及反過來講的字眼時，這個字眼彷彿變成一種形狀，出現在房間的窗外。

玻璃窗上方的角落，出現一張人的臉。而且好像是從空中倒掛下來般，是一張顛倒過來的臉。

這名男子在玻璃窗外的黑暗中，頭髮倒懸，臉色慘白，用也是倒懸的眼睛凝視房中的一切。

到底為什麼人的臉會從空中倒掛下來呢？真的是很奇怪。

不，更奇怪的是，春木看到這張倒掛的臉時，似乎一點也不驚訝，反而好像在用眼睛對那張臉示意似的。

這時，倒掛的臉彷彿在回應春木的示意，眨眨眼睛，消失在空中。

到底他是誰？好像似曾相識。啊，對了，他就是和春木在一起的廚師，先前他有端紅茶過來。

真是詭異，廚師竟然倒掛在屋外的空中，窺伺房內的一切，偷聽兩人的對話。

因為這扇窗在明智偵探的正後方，所以，他並不知道竟然有人的臉出現在窗外這麼奇怪的事。

大家可能很擔心吧，明智偵探會不會有危險呢？在這個住宅裡，到底又會展開什麼可怕的陰謀呢？

屋上的怪人

明智偵探毫不知情的繼續說道：

「反過來講的意思是，這個事件的犯人故意出現在世人面前自我宣傳，做的是完全相反的事情。

也就是說，犯人根本就不是黑皮膚的印度人，而是皮膚白皙的日本人，演出了擄走小綠的戲碼，只是想表現出寶石的確是受到詛咒的手段而已，根本不想奪走她的性命。

小綠和小林的確獲救了。不過，如果真的想殺他們，何必煞費苦心的安排，又為什麼不等到他們死後再離開呢？

這些舉動都只是為了想轉移世人的注意而進行的。如此煞費苦心，可見這個犯人一定是社會大眾都認識的人。是不是呢？」

「那麼，你說犯人不是印度人？」

春木用嘶啞的聲音問道。

「沒錯，犯人是日本人。」

偵探微笑看著春木。

「真的不是嗎？難道你不相信印度人租我的房子？當時孩子們也看到他們待在二樓啊！而且小林和女孩座車的司機和助手也都是黑人，他們不是看到了嗎？」

「哈哈哈……春木，如果我說這一切都是假的，你覺得怎樣？

根據小林的敘述，最初上車時，在駕駛座旁的，確實是篠崎的祕書今井，為什麼後來卻會突然變成黑皮膚男子呢？

不只如此，就在這時，真正的今井手腳被綁住，倒臥在養源寺裡。一個今井，居然同時在兩個地方出現，這根本就是不可能的事。春木，我覺得這一點實在很有趣，我認為要解開整個事件謎團，最大關鍵就在這裡。」

聽到這番敘述，春木笑了起來，似乎深感佩服。

「不愧是名偵探，竟然想到這一點。那麼，這個謎團解開了嗎？」

「嗯，解開了。」

「真的嗎？」

「真的。」

兩人沈默了一會兒，臉色表情都變得非常嚴肅，互瞪著對方，彷彿想看透對方的心底似的。

「請你說明吧。」

春木蒼白的臉開始冒汗，詢問道。

「在汽車上的兩個人，突然變成黑皮膚男人，那是騙小孩的簡單手法。只要車子在行駛的過程中，為了不讓後座的人看到，於是低下頭，用事先準備好的顏料——可能是墨汁吧——塗在臉上和手上。

這不是不可能。如果真要喬裝改扮，沒有比化妝成黑皮膚男人更容易的了。為了謹慎，我還問過小林，有沒有從背後看到兩人後脖頸的膚色。他說兩人穿著高領衣服，頭戴鴨舌帽，根本看不到他們的皮膚，可見他們很小心的在隱藏自己。」

「那麼，今井祕書同時出現在兩個地方的謎團又是怎麼回事？」

春木好像是要確認似的，以鏗鏘有力的聲音問道。

「你好像很在意這件事，哈哈哈……。那是因為犯人綁住了今井，換了他的衣服，臉也化妝成他的樣子。只有這個可能。

但是，犯人真的能夠化妝得和今井的臉一模一樣嗎？幾乎不可能。在日本國內，能夠辦到這一點的，只有一個人。」

「是誰？」

「怪盜二十面相。」

偵探斬釘截鐵的說出令人意外的名字，同時，一直盯著對方的眼睛瞧。兩人屏氣凝神的互瞪了三十秒。

「怪盜二十面相」是誰呢？相信各位讀者應該還記得。就是據說擁有二十種不同面貌，善於喬裝改扮的名人。現在應該關在牢中，是罕見的寶石大盜。

「喂！怪盜二十面相，好久不見了。」

明智偵探平靜的說著。拍了一下春木的肩膀。

「你、你說什麼？我是怪盜二十面相？」

「沒錯，你不用再抵賴了。我先前才到監獄去調查過，我知道待在那兒的是假的怪盜二十面相。

你有沒有覺得很奇怪，為什麼我先前要耗費唇舌說這麼多話呢？那是因為我要一邊說話，一邊看清你臉上的表情。也就是我在考驗你。

每當我繼續說下去時，你的臉色就逐漸發白，似乎感到有點害怕。你看，你現在又開始冒汗了，這就是最好的證明。

減二、加二，最後還是恢復原來的數字。這表示你和廚師兩人假扮成今井和司機，為了欺騙少年偵探團的孩子們，化身兩個印度人，甚至表演奇怪的祈禱儀式給他們看。

而印度人可以再恢復你和廚師，所以，他們再怎麼監視，也不會看到印度人逃出來，你也沒有從外面走進來。最初就不是四個人，而是兩個人在演戲。

但是，我對於怪盜二十面相不殺人的主義沒有改變，這一點我非常佩服。其實你一開始就打算救出小林和小綠。」

偵探話還沒有說完，房間裡突然響起了笑聲。

「哇哈哈……厲害，不愧是明智小五郎，連這一點都想到了。我就坦白告訴你吧，沒錯，我就是讓你害怕的怪盜二十面相。

不過，明智，你知道嗎？你的失敗就出在你的身上。

你曾經在博物館為了逮捕我而大費周章，並且博得世人的喝采。

但是，這不就證明了自己的慘敗嗎？偵探，連你都受騙了。

我只要略施小技，就能將你玩弄於股掌之間，你沒有辦法永遠成為英雄。欺騙世人不會有損你的名譽嗎？在博物館抓到的根本不是怪盜二十面相，只是另外一個人而已。你會主動將這件事告訴世人嗎？

哈哈哈……痛快，痛快啊！我怎麼可能是這麼愚蠢的人呢？白鬍鬚的博物館長根本不是怪盜二十面相，連明智先生都受騙了。

事實上，你落入了我的圈套，你把化妝為博物館長的我的手下誤以為是怪盜二十面相，我是不可能那麼容易讓你抓到的。

你會弄錯也是無可厚非的事情，因為沒有人知道我的真面貌，連我自己都忘記自己真實的模樣了。

但是，在博物館前倉惶逃走，結果被孩子們撲倒在地的怪盜二十面相的下場，看起來的確是非常的悲慘可憐。」

怪盜二十面相不停說著，而且神情愉悅的笑著。

「說得好，以前或許是我失敗了，但勝利還是屬於我的。你好不容易演了一場印度人的大戲，卻被我識破了。」

明智偵探不慌不忙的微笑道。

「印度人的大戲，嗯，的確是很有趣的說法。我聽說篠崎在某個地方得到寶石，還說出關於寶石的由來，所以我就很想得到這顆寶石。演這齣戲，只是想在得到寶石時能夠震驚世人。

如果犯人是印度人，那麼怪盜二十面相就沒有嫌疑了。只是偷到寶石，幹麼那麼大驚小怪的，我很討厭警察的搜索。

你打算對我怎麼樣呢？單槍匹馬來到怪盜二十面相的根據地點，是不是有點有勇無謀呢？雖然我很同情你，但我一定會報仇，我不會讓你離開這個房間一步。」

怪盜二十面相突然變成被追趕的野獸般，露出猙獰的面貌，朝著明智偵探逼近。

「哈哈哈……喂，聰明的怪盜二十面相，你以為我真的是單槍匹馬

來的嗎?你看看後面。」

聞言，怪盜二十面相大吃一驚，回頭看著門口。

啊!到底發生什麼事了呢?原來不知何時，門外已經圍了五名穿著制服的警察。

「畜牲，又被你騙了!」

怪盜二十面相咒罵著，步履蹣跚的往後退。接著，突然一口氣衝到另一邊的窗戶。

「喂，你不要想從窗子跳下去噢!為了謹慎起見，這棟屋子已經被五十個警察包圍住了。」

明智偵探早就想到這一招。

「是嗎?幹得好。」

怪盜二十面相打開窗戶，俯瞰黑暗的地面。突然又轉身看著明智。

「但是，還有你們沒發現的場所，那是我最後的王牌。你猜猜，在什麼地方呢?」

語畢，怪盜二十面相上半身突然探出窗外，就這樣消失在空中。就好像是機器人一樣，翻過身子後，瞬間消失無蹤。

怪盜二十面相到底做了什麼？原以為他打算跳出窗外逃走？但就如明智偵探所言，這座洋房周圍，的確佈滿了數十名的警察，他根本不可能穿過重重包圍。

明智偵探看到怪盜二十面相的身影消失在窗外時，立刻跑到窗邊，俯瞰地面，然而地面卻空無一人。

雖說是黑夜，但是，藉著樓下房間透出來的亮光，依稀可以看到庭院中模糊的景象。庭院內並沒有怪盜二十面相的蹤影。

「喂！我在這裡、在這裡。你忘了顛倒過來的道理嗎？我不是跳下去，而是升天了。惡魔升天了，哈哈哈……」

聽到空中響起怪盜二十面相的聲音，抬頭往上看的偵探，因為實在太意外了，不禁「啊」的叫出來。

一看，怪盜二十面相就好像會玩特技的人似的，抓著從屋頂上垂掛下來的繩子，開始往屋上爬。真的是惡魔升天。

雖然偵探沒有看到，但在大屋頂上，穿著白色上衣的廚師，雙腳穩穩的踩在地上，拉起綁在屋頂上的繩子。從下面往上爬的力量和往上拉的力量，兩力相合，怪盜二十面相很快就爬上了大屋頂的屋瓦上。

先前在窗外看到的廚師，就是他在對怪盜二十面相送出繩子已經準備好的訊息。他的身體鑽進繩梯中，所以能倒立在窗外。

就這樣，怪盜的身影不久就消失在明智偵探眼前。但是，逃上屋頂到底打算做什麼呢？方圓數里只有這棟住宅，四面都是空地。和在城鎮中不同，無法利用其他住宅相連的屋頂逃脫。

整棟洋房已經被大批的警察團團圍住，就如甕中捉鱉一般。屋頂上沒有飲水，沒有食物，所以，不可能一直待在那兒。一旦下雨，兩人就會被淋成落湯雞。

「這怎麼回事？他逃到屋頂上去了。」

站在門口的五名警察，跑到明智偵探身邊問道。

「嗯，的確是很棒的脫逃技巧。我們就暫時包圍住住宅，靜觀其變吧。到時候他一定會投降的，這和已經逮捕他沒有兩樣。」

偵探好像很同情怪盜似的說道。

警察們立刻跑到樓下，對在門外待命的警察說明這一點。不，應該說待命的人都察覺到了。

按照命令，五十名警察從正門、後門逐漸聚集到門內，在建築物的四周圍成圓形，包圍得密不通風，連螞蟻都無法進入。

在指揮官中村組長的指示下，兩名警察不知道跑哪兒去了。不到五分鐘，附近的消防署出動了消防車，到達宅邸內。雲梯朝著黑暗中的大屋頂不斷的往上延伸。

雲梯上，戴著帽子，脫掉鞋子，只穿襪子的警察陸續往上爬，掏出手電筒照著，準備逮捕逃到屋頂上的犯人。

怪盜二十面相和廚師手拉手，站在屋頂上。爬到屋頂的警察們，從遠處繞過來，抓著逮捕繩，慢慢的逼近。

笑。

「哇哈哈……」

黑暗的空中傳來狂笑聲。竊賊在危急時到底想到什麼？竟然放聲大笑。

「哇哈哈……快活、快活，景色真是太棒了。一個、兩個、三個、四個、五個人，噢，爬上來了，爬上來了！警察全都上了屋頂。各位，小心你的腳邊，千萬不要滑倒了喔！因為屋頂已經被夜露打濕了。一旦從這兒掉下去，可是會沒命的。咦，那邊爬上來的不是中村警官嗎？辛苦你了，好久不見。」

怪盜二十面相旁若無人的叫著。

「沒錯，我就是中村，現在終於到了我們兩人算總帳的時候了。你不必在那裡虛張聲勢，你的死期到了。」

中村組長也大叫著。

「哇哈哈……死期？真好笑，難道你以為我成了袋中的老鼠，任你們捕捉嗎？難道你以為我已經無路可逃嗎？我絕對不會被你們捉到的，

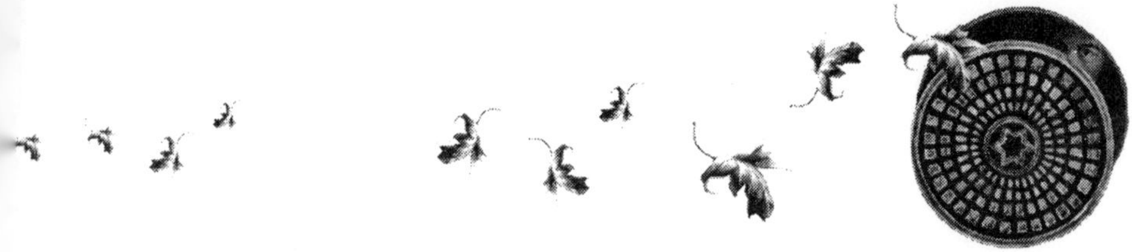

我的工作才剛開始呢！難道只偷了一顆寶石，我就犯了大罪嗎？

中村，給你猜個謎。你猜，我們將會如何從這個屋頂上逃走呢？哈哈哈……怪盜二十面相是魔術師，接下來完美的魔術就要登場囉！」

竊賊依然旁若無人。

怪盜二十面相真的只是在虛張聲勢嗎？不，看起來並非如此。他似乎很有自信自己一定能夠逃走。

但是，警察從四面八方包圍過來，他如何斷定自己一定能從屋頂上逃走呢？他真的能辦到嗎？

惡魔升天

無論怪盜說什麼中村組長，都不願意再回應他。他認為竊賊只是在說一些毫無意義的話。於是對上了屋頂的警察做了最後攻擊的指示。

十餘名警察口中不知嚷著什麼，同時朝竊賊衝了過去。屋頂上警察的圓形包圍圈逐漸縮小。

兩名竊賊手牽手佇立在屋頂的中央，已經無處可退了。

「抓住他們！」

在發出命令的同時，中村組長朝兩名竊賊撲了過去。接著兩人、三人、四人，警察們好像要把竊賊壓扁似的，從四面八方撲向竊賊。

結果到底如何呢？就在中村組長撲過去的同時，兩名竊賊卻突然消失了。

然而不知道竊賊已經消失的警察，因為天色黑暗，不小心搞錯了，竟然誤以為中村組長是竊賊。好一陣子，同事們就這樣互毆著。

聽到組長怒吼，大家才清醒過來。警察們這才發現，毆打的不是竊賊，而是自己的上司，頓時覺得納悶。

「燈光，燈光，誰有手電筒……」

組長大叫著。

但是持有手電筒的人，在撲向竊賊時，手電筒就已經掉落，在一片漆黑中，根本找不到。只能呆立當場。

就在這時，屋頂上突然燈火通明，就好像白晝一樣，警察們的眼睛幾乎都快睜不開了。

「啊，是探照燈！」

有人大叫著。

的確是探照燈的光。

定神一看，洋房門內停著一輛卡車，上面有小型的探照燈。兩名穿著作業服的技術人員，將強光照射在屋頂的斜面。

那是警政署配備的移動探照燈。

中村組長知道竊賊在黑夜逃到屋頂上之後，立刻派人到消防署去。當時一名警察打電話請警政署帶探照燈來。抵達後，立刻將探照燈連接附近的電燈線，照亮屋頂。

警察們就在如白晝的光亮中找尋竊賊。當眾人的視線從屋頂慢慢移到天空時。

「啊，在那兒、在那兒！」

一名警察突然大叫，指著黑暗的天空。

聽到叫聲，在屋頂上的警察，以及地面上數十名的警察全都發出驚呼聲。

抬頭一看，怪盜二十面相爬上空中，惡魔升天了。

他不斷的爬向漆黑的天空，並且看到很大的黑色氣球似的東西，正快速的往上升。啊！原來是輕氣球，黑色的輕氣球，大小為廣告氣球的兩倍，彷彿黑色的怪物一般。

輕氣球下方懸吊的籃子裡，有兩個小小的人影。正是穿著黑色西裝的怪盜二十面相和穿著白色上衣的廚師。他們好像在嘲笑警察似的，一直俯瞰著下方。

眾人看到這種情景，終於解開謎團。怪盜最後的王牌就是這個輕氣球。的確是很好的計策，普通的竊賊根本想不出這麼好的妙計。

為了以防萬一，怪盜二十面相早就準備好了這個黑色的輕氣球。今晚在見明智偵探之前，早就在輕氣球內注滿了氣體，綁在屋頂上。因為漆成黑色，所以在暗夜之中，即使過往行人，也不會發現。

不，別說是過往行人了，連屋頂上的警察都沒有發現這個氣球。因為警察根本沒有想到有輕氣球這種東西，只是一味的注視著屋頂，壓根兒沒有注意到天空有東西。即使看著天空，在一片漆黑中，也看不到黑色的氣球。

兩個竊賊在警察撲過來時，立刻跳到輕氣球下方的籃子裡，同時割斷連接屋頂的繩子。由於動作迅速，所以，眾人以為他們在黑暗中突然消失了。

中村組長氣得以腳跺地，可是竊賊已經升天，又能如何？五十餘名警察抬頭看著天空，大叫著。

怪盜二十面相的黑色輕氣球，在下方眾人的尖叫聲中，朝著天空冉冉飄去。地上的探照燈隨著輕氣球上升的高度，愈來愈高，在漆黑的夜空中畫出一道大的白線。

在這道白線中，竊賊的輕氣球漸去漸遠，形狀愈來愈小，幾乎都快看不見了。

在籃子裡的兩人，則已經看不見身影，籃子也愈來愈小，最後，輕氣球彷彿變成小的乒乓球似的，在探照燈光中晃動，逐漸的消失在黑暗的天空中。

怪輕氣球的下場

聽到「怪盜二十面相消失在空中」的報告，警政署和各警察局，以及各報社的報導小組立刻臉色大變。

於是警政署召開緊急首腦會議。結果，準備利用探照燈找出竊賊的行蹤。

不久，在東京附近的天空，射出幾十條探照燈的光線。好像戰爭一樣，引起不小的騷動。市內高樓的屋頂，也同時打亮幾個探照燈。警政

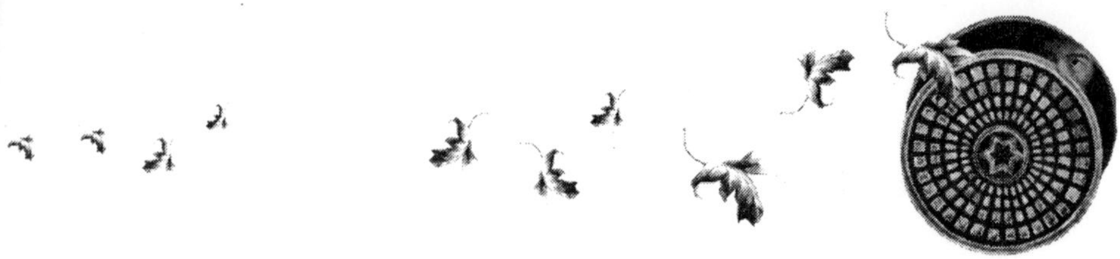

署和報社的直升機已經預熱引擎，只待天亮就即刻啟動。

即使引起這麼大的騷動，還是沒有發現黑色的輕氣球。當晚雲層很低，輕氣球可能鑽進雲層中。總之，空中搜查進行了一夜，天亮時仍然徒勞無功。

第二天早上，埼玉縣熊谷市附近的人在天剛亮的天空中，發現了黑色氣球般的東西，立刻又是一陣騷動。

當天的早報，就報導了昨晚在東京發生的事情，所以眾人馬上就知道那就是黑氣球。

竊賊的輕氣球被半夜颳起的東南風吹拂了一夜，到了這個地方來。

「怪盜二十面相，怪盜二十面相在空中！」

熊谷市內和附近城鎮一片喧嚷。每個人都跑到街上或爬到屋頂，抬頭看著在藍天中飄盪的氣球。

空中似乎颳起了強風，輕氣球以驚人的速度朝西北方前進。越過村落、越過森林，通過熊谷市上空，到達了群馬縣。

熊谷市的警局警員們，只能無奈的看著漸去漸遠的輕氣球，氣得以腳跺地。再怎麼懊惱，也無法用高射砲射下它，當然，更無法利用直升機的機關槍射下它，只能束手無策的仰天興嘆。

這時，用電話將消息傳到東京時，報社好像待命似的，趕緊出動報社的直升機。他們不是想將竊賊一舉成擒，而是想追蹤怪輕氣球拍照，大肆報導事件的始末。

四架直升機陸續飛上東京的天空，以極快的速度，在熊谷市和高崎市之間的天空，追趕竊賊的輕氣球。

於是，就在群馬縣南部的空中，展開了一齣空中野台戲。

四架直升機好像從四面八方包圍住竊賊的輕氣球似的逼近。沒有螺旋槳的輕汽球，沒有突破重圍的力量，只能乘風四處飄盪。

怪盜二十面相現在就好像失去自由的人一樣。即使如此，直升機也無法抓住他，只能保持與輕氣球同樣的速度飛行，不斷的進行追蹤。

當這齣神奇的空中野台戲上演時，城鎮和村落的人都放下手邊的工作，跑到屋外，抬頭看著天空，大叫著。農民們也放下田裡的工作，紛紛仰望天空。小學生則從玻璃內探出頭，注視著天空的情景。而在輕氣球通過的下方，火車車窗前也聚集了抬頭看著天空的人。

四架直升機形成菱形的位置，好像佈下天羅地網一般，包圍了黑色輕氣球，一直跟蹤著它。

有時直升機彷彿要威脅竊賊似的，會突然掠過輕氣球前方。怪盜二十面相這時有什麼想法呢？面對空中重重的包圍，難道他還想逃嗎？

終於來到高崎市附近，怪盜二十面相的好運似乎已經用完了。黑色輕氣球突然好像失去浮力般，開始下降。

可能是氣球某個地方破裂漏氣造成的。啊，你們看！先前清晰可見的黑色氣球，現在已經開始出現皺紋。

真是可怕的光景！一分鐘、二分鐘、三分鐘，皺紋不斷的增加，氣球變成了被壓扁的皮球形狀。

由於風颳得很強，所以一邊下降，一邊被吹向高崎市的方向。四架

直升機隨之下降，仍舊保持菱形的陣形。

在高崎市的山丘上，水泥建造的巨大觀音像，高聳直逼雲霄。前方的廣場聚集了湧入的人群，觀看空中野台戲。這些人看到的是，以往冒險電影所沒有的令人震撼的光景。

在晴朗的藍天中，四架直升機急速下降，帶頭的是皺巴巴的黑色怪物，已經失去浮力，正迅速墜向地面。

損傷的輕氣球逐漸逼近大觀音像的頭上，吹拂的風帶動皺巴巴的氣球，看起來彷彿要捲在觀音的臉上一般。

「哇！哇！」地上的群眾發出尖叫。

氣球拂過觀音的臉，拂過觀音的胸，好像黑色怪鳥似的，朝地面慢慢飄落下來。接著在「哇」的大叫的眾人面前掠過。

輕氣球的籃子，墜落地面，因為被風吹拂，籃子被氣球帶動，拖了五十公尺遠之後，終於停止了。而在籃子裡的兩個人倒地，好像昏倒一樣，一動也不動。

報社的四架直升機在看到竊賊的最後下場後，因為附近沒有空地可以著陸，於是像四隻老鷹般在空中盤旋，然後朝東京的方向飛去。

不久，數名警察排開群眾，出現在黑氣球前。高崎的警察局昨晚就接到怪盜二十面相逃亡的通知，當天空有怪氣球出現時，就立刻開始行動。待氣球開始下降，警車就紛紛朝觀音像的地點奔馳而來。

警察來到輕氣球連接的籃子旁邊，想要擒住已經昏倒的怪盜二十面相和身著白上衣的廚師。

但卻在接下來的瞬間，發生奇怪的事情。

原本已經抓住兩名竊賊的警察不知道在想些什麼，突然鬆開手。兩名竊賊噗通一聲，被扔在地上。

「這不是假人嗎？」

「假人坐在氣球上。」

警察們異口同聲叫道，驚訝萬分的面面相覷。

這到底是怎麼一回事？好不容易抓到的竊賊，卻不是活生生的人，而是假人。是我們經常在服裝店的櫥窗中看到的假人，穿上黑色西裝和白色上衣而已。

怪盜二十面相的邪惡智慧，真是深不可測。別說是警察，就連報社和東京都民，以及從熊谷市到高崎市各村鎮的人，都被怪盜二十面相騙了。這四架報社的直升機，當然也是無功而返。

不只如此，怪盜二十面相事前早就準備好了惡作劇的信件。

「咦，這裡好像有一封信。」

一名警察突然察覺到，假扮成怪盜二十面相的假人，身上的胸前口袋塞了一封信。

信封上署名要給「警察大人」，背面則署名「怪盜二十面相」。拆封一看，內容如下。

> 哈哈哈……過癮過癮，各位又被騙了吧！現在你們應該知道，怪盜二十面相的智慧是深不可測的。

我現在好像已經可以看到，你們在追逐黑色氣球的情景。好不容易抓到了，結果竟然只是假人。真是太爽快了！想到此處，我就想哈哈大笑。

不過，我真的很同情明智，不愧是名偵探，竟然能夠識破我的真實身份，讓我很佩服。那傢伙真是好管閒事。如果不是他，絕對不會引起這麼大的騷動。

但是現在已經後悔莫及了。藉著明智的幫忙，怪盜二十面相又完成了一項大工程。

各位不必擔心，接下來怪盜二十面相又要展開大手筆的行動。請代我向明智問候，下次我會讓你們仔細瞧瞧，我要進行什麼驚人的活動。

各位，再見了！

怪盜二十面相事前就已經知道會有這樣的結果，並且寫了這封信，把它放置在假人身上。看到信，警察們個個目瞪口呆。

這個膽大包天，旁若無人的怪物！這次就連名偵探明智小五郎都無法智擒竊賊，甚至被黑色氣球的手法擺了一道。

那麼，當時在洋房屋頂上的竊賊到底逃往何處？後來幾經調查後才發現，洋房屋頂上，有十片屋瓦設計得好像箱型蓋子般，下方則有閣樓的密室。

竊賊在快被中村組長抓住的瞬間，先割斷綁住假人的氣球的繩子，再快速跳到閣樓裡。因為一切行動都靠黑夜的掩護，所以，中村組長也沒有發現。

眾人只注意到黑色的氣球，以為竊賊逃到空中，根本無暇細想這只是一個幌子。

如果只有閣樓的密室，立刻就會被發現。若是單純的人從屋頂上消失，大家一定會最先聯想到瓦片有問題。

然而，現在眾人的注意力都集中在黑色氣球上，以為怪盜已經隨著輕氣球飄走，而且，籃子裡的確放置了與怪盜二十面相及其手下一模一樣的假人。

輕氣球飛走，包圍洋房的警察自然全都撤退。明智偵探可能也忽略了這一點而迅速離開現場。

在閣樓裡，怪盜二十面相和他的手下利用麻繩下降到地面，從正門大搖大擺的走出去了。這的確是非常高明的手法。

各位讀者，怪盜二十面相就這樣再度出現在我們的面前，而且再次與名偵探明智小五郎挑戰。

當然，明智偵探不會因此而退縮。現在是偵探和怪盜，重新互燃敵意與對峙的時刻。這一次將是激烈鬥智的場面。

黃金塔

怪盜二十面相終於暴露他的真實身份。而且怪盜二十面相還是偷到了寶石和美術品，就像一個會變魔術的大盜一樣。

根據報紙報導，知道這些事件的東京住民，就好像聽到黑色妖魔的傳聞時一樣，嚇得發抖。特別是擁有許多美術品的富豪們，他們更是擔心的夜晚輾轉難眠。這個大盜，甚至敢覬覦政府博物館，偷走裡面的美術品，真是囂張無比。

輕氣球事件發生後十天，東京的某個晚報突然刊載了震驚都民的可怕報導。內容如下：

> 本報編輯部今天早上接到來自怪盜二十面相的一封信函。怪盜隨信附上廣告刊登費，要求信函全文要刊登在廣告版。然而本公司不能刊登盜賊的廣告，於是拒絕他的要求。
>
> 信的內容則是怪盜二十面相決定在本月二十五日深夜，偷盜大鳥鐘錶店所藏著名的「黃金塔」的消息。根據以往的慣例，怪盜二十面相絕對會履行約定。甚至十分大膽的預告，希望明智小五郎等相關人

士能夠好好的警戒。
當然這可能是別人的惡作劇，但是考慮到以往怪盜二十面相的作法，也有可能不是惡作劇。因此，本報立刻將信函交給警政署當局，同時通知大鳥鐘錶店這個消息。

其次則說明了「黃金塔」的由來及怪盜二十面相慣用的手法，以及明智名偵探的訪問報導等，總共佔了社會版六段的大標題，而且還刊登了明智偵探的大照片。

報導中提到著名的「黃金塔」，到底它多富盛名呢？關於這一點，以下稍加說明。

大鳥鐘錶店位於京橋一隅，擁有一座高聳的時鐘塔，在東京是數一數二的老店鋪。老闆大鳥清藏老先生，十分講究派頭，是淺草觀音的信徒。曾經用純金打造淺草觀音五重寶塔的模型，當成傳家之寶。

這個模型是一個屋頂寬約十二平方公分，高七十五公分的氣派黃金塔。連精細處都和淺草塔一模一樣，手工相當精巧。而且塔中並非空無一物，內容物全都用純金填塞，所以重量超過八十公斤。光是黃金材料價值就相當於當時時價二十五萬日幣（現在的五億日幣）。

就在黃金塔完工時，一位同業在銀座的某個鐘錶店，櫥窗被盜賊打破，陳列在裡面的兩萬圓（相當於現在的四千萬日幣）金塊被偷走了。因此，大鳥先生擔心煞費苦心製成的黃金塔，被依相同手法偷走，於是將原先擺在店面裝飾的寶塔，移到裡面的房間，並做了各種防備措施，以免被盜走。

該房間為十個榻榻米大的日式房間，周圍的紙門都換成了堅固的板門，一一上鎖。鑰匙由主人和管家門野老人兩人隨身攜帶。這是第一道關卡。

如果盜賊真的打開了板門，那麼，就會遭遇第二道關卡。即在房間周圍的榻榻米下有電動機關。無論盜賊從何處進入，一旦踩到房間內的榻榻米，加重警鈴就會立刻響起。

不只如此，最後還有一道最可怕的關卡。

黃金塔被收藏在六十平方公分高，一公尺三十公分的長木盒裡。木盒置於房間中的壁龕上，而且木盒製造的極為精巧。

原本周圍鑲著四片玻璃，但是，大鳥先生特意拿掉玻璃，讓任何人都可以自由的用手觸碰到黃金塔。但在木盒四角的粗大柱子後方，卻有紅外線防備裝置。

四根柱子各有三處，總共有十二處發射紅外線的光線。也就是黃金塔上下左右都被肉眼看不到的紅外線光線包圍。如果有人想觸碰黃金塔而干擾到紅外線，就會引起其他電動機械反應，警鈴立刻大作，同時會朝遮斷的方向發射子彈，是非常可怕的裝置。

另外，在木盒上下角落，外表看不到的地方有八隻小型手槍，已經裝填子彈，猶如小型砲台般。

原本為了防止黃金塔被盜，只要將其放入大型金庫中即可，但大鳥卻認為，費心打造的寶物不讓別人參觀太可惜了，同時，也為了滿足熟客的好奇心，於是想到這個誇張的裝置。

當然在開放客人參觀時，會暫時按下柱子後方的祕密按鈕，關掉紅外線裝置。

昂貴的純金塔，本身就已經聲名大噪，還有如此嚴密的裝置，更是提高了評價，廣受好評。大鳥鐘錶店雖然保密，不談裝置的事，但是，仍有許多臆測的傳聞在坊間流傳。

傳說如果進入放置寶塔的房間，就會雙腳發冷，身體發麻，甚至有人說，裡面裝鋼鐵製的機器人守護寶塔。一旦發現有可疑的人侵入，立刻就會捉住殺掉。各種奇怪的說法紛紛出籠。報紙也大肆渲染，所以可謂人盡皆知。

怪盜二十面相注意到了這個寶塔。一晚就能偷到價值百萬圓（相當於現在的二十億日幣）美術品的怪盜二十面相，黃金寶塔對他而言實非難事。然而他卻深受傳說中防備裝置的吸引。若能破壞令人害怕的祕密機關，偷到寶塔，一定能夠引起世人一片嘩然。

「一定要讓你們見識、見識！我高明的手腕！」

這就是怪盜二十面相的想法。甚至抬出警察和明智名偵探，想要藉機嘲笑他們。怪盜二十面相這個盜賊不服輸的個性的確非常強烈。

名偵探明智小五郎看到晚報的報導。翌日，就遇到大鳥鐘錶店老闆特意登門拜訪，請他保護黃金塔。名偵探接受了他的要求。

在上一次事件中，雖然中了輕氣球圈套的，是中村搜查組長和大批的警察，但是也不能說明智沒有責任，因此，想要向竊賊報復的怨恨，他比任何人都強。這次一定要抓住怪盜二十面相，一雪前恥。名偵探的眉宇之間，意志堅決。

啊，真是令人擔心！怪盜二十面相到底又要玩什麼把戲來偷走黃金塔？名偵探真的能夠阻止他嗎？偵探和怪盜的鬥智即將展開。壞人要保住壞人的名聲，而名偵探要保住名偵探的名譽，這次雙方都不願認輸，是真正一較長短的機會。

怪少女

知道這件事的助手，少年小林擔心得不得了。他希望老師能夠親手抓到怪盜二十面相。

「老師，如果有什麼我可以幫忙的事，請儘管吩咐。我這次一定赴湯蹈火，在所不辭。」

在大鳥先生前來拜訪的第二天，小林來到明智偵探的書房，熱誠的說道。

「謝謝你，能有你這樣的助手，我真是太幸運了。」

明智從椅子上站起來，好像很感謝似的說著，並用手拍拍小林的肩膀。

「事實上，我的確有件事要拜託你，而且是非常重要的事情喔！是只有你才能達成的任務。」

「那麼請讓我來，我一定遵從你的吩咐行事。是什麼事？」

小林很高興，滿臉通紅的回答。

「就是……」

明智偵探，在小林耳邊附耳說道。

「咦，我嗎？我真的行嗎？」

「可以，只要是你，一定可以辦到。阿姨已經將所有的東西準備就緒，這次應該可以順利的進行。」

阿姨指的就是，明智偵探的年輕妻子文代。

「好，我願意試試。我一定會讓你刮目相看。」

小林下定決心，斬釘截鐵的回答。

名偵探到底命令他做什麼事呢？既然小林會問「我真的行嗎」，可見一定是一件非常困難的工作。到底是什麼工作呢？各位讀者，請你們也想像一下。

另一方面，接到怪盜預告的大鳥鐘錶店的騷動當然非比尋常。十名店員輪流守衛，並請求警察保護。門裡門外都可以看到便衣刑警。甚至

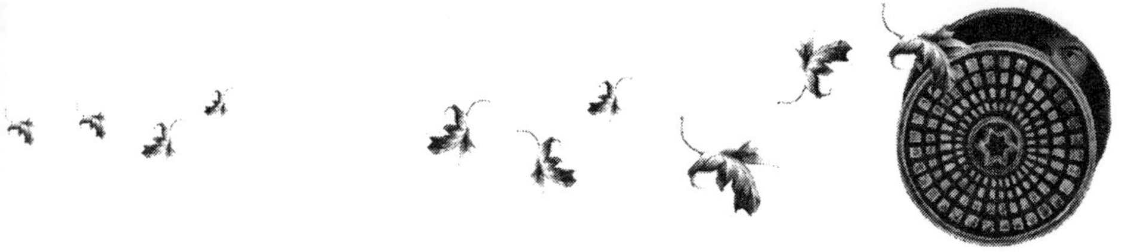

還拜託民間偵探明智，做好萬全的警戒工作。

老闆大鳥清藏認為：

「房間裡，裝有三道嚴密的關卡，再加上店員、警察及私家偵探的警戒，即使怪盜二十面相會變魔術，恐怕也無法通過層層防護。我的店就像一座固若金湯的城堡一樣。」

想到此處，大鳥先生覺得有點得意。「怪盜二十面相這傢伙，你有膽就來吧！」

可是幾天後，他那自鳴得意的態度消失了。從安心變成不安，不安變成恐懼。大鳥先生開始焦躁，坐立難安。

因為怪盜二十面相，每天每天都會利用不同的手段，提出犯罪的預告。

十六日時，晚報發表預告的內容，距離偷竊寶物的二十五日為止，只剩九天。怪盜二十面相似乎不以這篇報導而滿足，接下來的每一天都會通知大鳥先生「還剩八天囉」、「還剩七天囉」，知會剩下的時間。

最初送來上面寫著斗大字體「8」的明信片。第二天，利用公共電話通知。當老闆接到電話時，對方用嘶啞的聲音說道：「還剩七天囉！」隨即掛斷電話。

隔天早上時，店門打開時，店員突然吵鬧起來，走近一看，原來是正面櫥窗玻璃正中央用白墨，寫著大大的「6」這個數字。

竊賊的預告從一開始的明信片、電話，變成櫥窗，一天天的逼近大鳥鐘錶店。甚至感覺已經進入店中似的。

又過了一天，早上，洗完臉，來到店中的店員嚇了一跳。店中大大小小的鐘錶，有的掛在柱子上，有的陳列在架子上。昨天還準確跳動的鐘錶，現在全部停擺，短針全都指著五點。

無論是手錶、懷錶、鬧鐘、報時鐘、大理石製的音樂座鐘，或是正面兩公尺長大鐘擺的時鐘，大小無數時鐘的針全都指著五點。彷彿是妖魔做的事一樣，令人不寒而慄。

當然，這又是怪盜二十面相在預告──「只剩五天了」。怪盜顯然已經侵入店內。

緊閉門窗，門裡門外都有便衣刑警，店裡有人二十四小時看守，竊賊是如何進來的呢？不只是進來而已，這麼多的鐘錶，又怎麼能讓它停住呢？

仔細盤問每個店員，並沒有發現任何可疑的人。怪盜二十面相有如幽靈般，好像從窗子的縫隙溜進來似的，沒有任何人察覺。而且猶如飄盪的氣體一般，竟然讓每個鐘錶都停了下來。

惡作劇的怪盜預告並未就此結束，他的魔爪又伸向了深處。

隔天早上，大鳥因為年輕傭人的尖叫聲而從睡夢中清醒。聲音好像是從放置黃金塔房間的方向傳來的，大鳥嚇了一跳，趕緊跳下床。在隨侍在側的店員陪伴下，循聲趕過去。

來到十個榻榻米大的房間前時，四天前剛來的十五、六歲的傭人，驚訝得說不出話來，用手指著房間的板門。

板門上用白墨寫著三十公分見方的斗大字體「4」。怪盜二十面相終於踏進裡面的房間。

大鳥對眼前的情景感到震驚莫名，擔心黃金塔是否真的被偷走了，趕緊打開板門，看向壁龕。黃金塔依然平安無事的閃耀光芒。竊賊恐怕也無力破壞三道防備裝置。

但是，怪盜能夠溜到此處，看來不能再掉以輕心了。刑警或店員的看守，對於如妖魔般的怪盜，似乎無法發揮嚇阻的力量。

「從今晚開始，我要睡在這個房間裡。」

大鳥先生決定這麼做。是夜，將寢具搬到擺設黃金塔的房間。在床上，一邊抽著自己喜歡的菸，一邊看守寶物。

十點、十一點、十二點，今晚的時間過得真慢。終於到了一點、兩點時，已經聽不見屋外車子的聲音。白天的喧囂完全歸於寧靜，甚至連都內的商店街都好像沈在水底般的寂靜。

有時，會聽到板門外走廊上有腳步聲，那是值班店員們在固定的時間裡巡視家中的聲音。

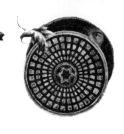

店內大時鐘敲響三點。接著好像過了十個小時似的，好不容易到了四點。

「天快亮了，怪盜二十面相這傢伙今晚大概不會出現了。」

這麼想的大鳥出現睡意。認定應該已經安全了，所以開始打盹兒。

不知睡了多久，大鳥一覺醒來，發現天色已亮。看看時鐘，已經六點半了。

再看看壁龕，沒問題、沒問題，黃金塔還是好好的擺在那兒。

「就算是魔術師，也沒有辦法進入這個房間裡吧！」

大鳥感到很安心，「嗯──」的伸了個懶腰，在將手臂伸回來時，赫然發現左手手掌上好像有黑色的東西。

仔細一看，大鳥不禁「啊」的叫出聲，整個人跌坐在地板上。

大家猜一猜，大鳥手掌上究竟有什麼東西呢？原來是不知何時，有人在他手掌上寫了又大又黑的「3」這個數字。怪盜二十面相終於進入這個房間裡了。思及此，大鳥覺得背脊一陣寒涼。

在此同時，房間的一角發生了奇怪的事情。在大鳥沒有注意到的板門那兒開了一條細縫，有人從縫中窺伺房中的一切。

那是一張可愛的臉龐，彷彿似曾相識。對了，就是昨天早上發現板門文字而引起騷動的少女，是幾天前才來到這裡的十五、六歲的傭人。

少女盯著因為手掌上的字而嚇得臉色慘白的大鳥看了一會兒，然後別開臉，悄無聲息的將板門關緊。

這名少女到底如何打開上鎖的板門呢？不，應該說這看起來年紀很輕的少女，為什麼會有如此怪異的舉動呢？

大鳥和店員似乎完全沒有察覺到這一點，我們則必須緊盯這名少女的行動。

奇妙的計策

「啊，只剩三天了！」

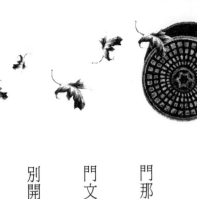

看到寫在手掌上預告的數字，大鳥老闆著實被嚇了一跳。竊賊竟然如此輕易的進入黃金塔的房間，在熟睡的老闆手掌上，用筆寫下數字。

看來板門和警鈴這兩道關卡，完全無效。

當然，就不能再輕易相信第三道關卡了。也許不管藉助任何科學力量，都無法嚇阻魔術師怪盜二十面相。怪盜二十面相就好像變幻自如的妖怪一樣，隨時在改變。

大鳥坐在黃金塔前，不斷思索著。視線則一直停在黃金塔上，深怕稍微轉移目光它就會消失。

就在當天過了中午以後，大鳥鐘錶店的管家門野老人扛著一個大包袱，瞞過店員的監視，偷偷來到裡面房間的大鳥先生那兒。

門野管家就是這間鐘錶店的大掌櫃。從父親那代開始，就在這間店裡工作，連續兩代都擔任管家。彷彿是大鳥家的家人一樣，深得主人信賴。甚至將板門的鑰匙交給他，也讓他知道使用防備裝置的方法。

因此，管家隨時可以自由出入這房間。關於榻榻米的警鈴，只要按下柱子上的隱藏按鈕，切斷電源，就可以在房間隨意走動。

門野管家就是這樣出入板門，避人耳目，將一公尺的細長包袱運進去，接著形狀愈來愈小，將看似頗重的五個包袱陸續運到房間裡。

「喂喂，門野！你到底拿什麼東西來？如果要談生意，到另外一個房間去吧！」

大鳥老闆看到管家奇怪的行為，感到十分訝異，直盯著瞧。等到失去耐性，他於是打破沈默問道。

這時，管家關上板門，來到主人身邊，輕聲說道：

「不，不是談生意。老爺，你忘了我在四天前說的事嗎？」

「咦，四天前？啊，對了，你說找個東西替換黃金塔。」

「是的，老爺，看來如今只有這個方法了。竊賊能夠輕易的進入這個房間裡，連特意安裝的防備裝置，一點都無法發揮作用，看來只有實行我的想法，否則東西一定會被偷走。既然對方會變魔術，那麼，我們也來使用魔術。」

管家說話的聲音，愈變愈小。

「嗯，看來現在只能採用你的想法。但是已經來不及了，根本沒有時間做替代黃金塔的東西。」

「不，老爺，你不用擔心。我每天都在想這些事情，早就已經吩咐手工精巧的師父趕工，之前才剛做好，這就是替代品。」

管家用手指著看起來很重的五個包袱。

「做得好，但是，那個師父會不會將消息洩露給竊賊呢……」

「不會的，他一定會保守祕密。」

「是嗎？那先讓我看替代品吧。」

「好的。不過，我擔心竊賊已經闖進家中，為了謹慎起見……」

管家一邊說著，一邊起身打開板門，確定外面沒有人之後，就在內側上鎖。

於是和主人兩人打開包袱，取出已經分為一層一層的五層寶塔。

仔細一看，和安置於壁龕的寶塔分毫不差的五層寶塔，被分解為五個，正閃耀著光芒。

「嗯，做得非常像，連我都分不出來。」

「在外面先用黃銅板做成，然後再鍍金。另外，為了增加裡面的重量，灌了鉛。無論是光澤或重量，都和真品絲毫不差。」

管家仔細的說明。

「接著，我們將真品擺在地面下，贗品則擺在壁龕裝飾。的確是很好的計策。」

「是的。這麼一來，竊賊不知道這是贗品，而且重量也一樣，所以即使被偷走，怪盜恐怕也不會跑多快。有了此一弱點，再由明智先生或警察去逮捕他好了。」

「嗯，真的那麼順利就好了，但真的能夠這麼順利嗎？」

大鳥似乎顯得很猶豫。

「絕對沒問題，放心交給我來辦吧！一定會讓怪盜二十面相大吃一驚的。」

管家一副已經抓到怪盜似的，洋洋得意的說著。

「好吧，既然你這麼說，這件事就交給你來辦。首先要將贗品擺到盒子裡。」

主人終於答應，於是兩人開始將真品和贗品對調。

「太棒了，不管是形狀或顏色都讓人無法分辨真偽。門野，你做得太好了。」

大鳥看著收藏在盒中的假的五層寶塔，佩服的說道。在更換時，當然要關掉紅外線裝置，避免手槍發射。

「那麼，我們現在立刻將真品塞到地下去吧。」

這時輪到大鳥變得很興奮。

兩人盡量不發出聲響，謹慎地掀開房間正中央的榻榻米，拿掉下方的地板。

「連木盒都準備好了呢！」

打開管家先前帶來的包袱，裡面有一個木盒。於是取出木盒，置於床板下的地面。

就在兩人專心工作，無暇分神之際，一塊板門又無聲無息的開了條細縫，露出先前那張可愛的臉龐，窺伺著室內的動靜。原來又是那個可愛的傭人，好像謎團般的少女。

少女觀察兩人的舉動一會兒之後，又悄無聲息的關上板門。五分鐘後，門野老人終於挖好地下洞，突然聽到後門傳來驚呼聲。

「失火了，來人啊，失火了！」

是店員的叫聲。

怎會那麼巧？假如再多個三十分鐘，真正的黃金塔，就可以完全收藏好了，就在這時候，發生了這件事。

「啊，糟糕了！我們先把寶塔和木盒藏在地面下，蓋好榻榻米。快點，快點！」

大鳥和管家合力將塔的五個部分扔到地面下，蓋好床板和榻榻米。

打開鎖，慌慌張張的趕到火災現場。

來到後院一看，原來是院子一角的倉庫冒出火花。所幸距離主屋尚遠的小木板倉庫不會延燒到附近。可是放任不管，不知會釀成什麼嚴重的災害。

大鳥和管家召集店員，要他們保持鎮靜。終於把火撲滅，而不需求助於消防車。

火災事件大約經過了二十分鐘。這時，在放置黃金塔的房內發生了奇怪的事。

老闆和店員全都在火場，就在此時，卻有一條小的人影，輕易打開了上鎖的板門，溜到房間裡。

好像女學生似的可愛少女，原來又是那個新進的傭人。

少女進入黃金塔房間，到底做了什麼呢?好一陣子都沒有出來。十分鐘後，板門靜靜的被打開，少女溜出房間，小心謹慎的關上門，直接走到廚房去了。

這個行為成謎的少女究竟是誰？看她雙手空空的走出房間，並沒有偷寶塔，那麼她到底做了些什麼呢？各位讀者，請想像一下。

總之，火被撲滅後，大鳥和管家趕緊回到原先的房間。門野脫掉上衣，掀起榻榻米，拿掉地板，伸手到地板下摸索。

大鳥擔心有人趁著火災發生時，潛到房間裡，偷走榻榻米下的黃金塔。然而當管家拿掉地板，往裡面一看，黃金塔安然無恙，還在黑土上閃耀著光芒，於是一顆忐忑不安的心才平復下來。

門野管家，將黃金塔埋在地板下方一個很深的洞穴裡，再將地板和榻榻米都恢復原狀。

「這樣就沒問題了。」

說著看向主人笑了起來。

就這樣，真正的寶物被移到別人無法發現的地方了。

天花板的聲音

終於可以放心了。即使怪盜二十面相的預告不斷，但黃金塔還是非常的安全，讓竊賊偷走的將只是贗品。能夠讓那個大盜陰溝裡翻船，真是太痛快了！

竊賊應該不會察覺到地面下的機關，雖然如此，還是要小心為妙。從這天開始，大鳥將寢具鋪在埋著黃金塔的榻榻米上，打算白天也不離開這個房間。

自從出現「3」這個奇怪的數字以來，數字的預告就暫時停止了。但是大鳥並未察覺到，只是覺得奇怪。

雖然數字沒有出現，但是竊賊已經清楚的說過，要在二十五日的夜晚偷到寶物，所以絕對不能掉以輕心。接下來的三天，大鳥就一直窩在藏著黃金塔的房間裡。

終於到了二十五日的夜晚。

從傍晚開始，大鳥和門野管家就坐在放置假黃金塔的房間裡，出入口的板門也從裡面上鎖，持續監視著。

店中的店員，都知道今晚怪盜二十面相會來，因此，比平常更早打烊。入口處全都上鎖，各自在吩咐的監視場所待命。這麼多人在家中巡視，當然非常吵鬧。

即使是會變魔術的怪盜二十面相，在雙重及多重的警戒當中，也難以侵入。他這次一定會失敗。如果能夠溜進來，並且不被假的黃金塔所騙，偷走真正的黃金塔，那麼怪盜二十面相就不只是會變魔術的人，而是神，真正的盜賊之神。

就在警戒中，夜已深沈。十點、十一點、十二點，街上的喧鬧聲已經完全平息，家中也一片寂靜。有時走廊上會傳來巡邏店員的腳步聲。

房間裡的大鳥和門野管家面對面坐著，瞪著桌上的座鐘。

「門野，已經十二點了，哈哈哈……那傢伙到現在都還沒有來。只要過了十二點就是二十六日了，約定的期限已經過了，哈哈哈……」

大鳥似乎很放心的笑了起來。

「可能是吧。怪盜二十面相看到這麼嚴密的警戒，恐怕也無計可施，哈哈哈……感覺太痛快了。」

門野管家好像也在嘲笑怪盜似的，笑了起來。

就在兩人笑聲還未消失時，突然不知從何處傳來嘶啞異樣的聲音。

「喂喂，你們安心的太早了吧！怪盜二十面相的字典裡沒有不可能這三個字。」

聽起來讓人毛骨悚然，好像從墓場中傳來陰森的聲音一樣。

「喂，門野，你剛剛在說什麼？」

大鳥嚇了一跳，看看周圍，詢問管家。

「不，不是我說的，但好像真的聽到奇怪的聲音。」

門野老人訝異的環視左右。

「咦，真奇怪，我們還是小心一點比較好。你到走廊看看，門外應該有人在那兒。」

大鳥臉色蒼白，牙齒打顫。

門野管家似乎比主人更有勇氣，在主人的指示下，立刻站起來，用鑰匙打開門，看向外面走廊。

「真奇怪，沒有人在這兒。」

門野說著，準備關門時，突然不知從何處又傳來嘶啞的聲音。

「你還在那兒磨蹭什麼？我在這裡、在這裡。」

好像躲在陰暗處，又好像從水中傳來說話聲，像妖魔般的聲音，令人不寒而慄。

「喂，到底在哪裡？到底是誰？出來吧！」

門野老人鼓起勇氣，朝著不知名的對象大吼。

「呼呼呼……在哪裡，你猜猜看啊……但是先別管我在哪兒，你覺得黃金塔真的很安全嗎？怪盜二十面相什麼時候沒有履行過約定呢？」

「你說什麼，黃金塔不是還擺在壁龕那兒嗎？大膽竊賊休想動它一根汗毛。」

門野老人開始在房間裡走動打轉，和看不到的敵人對峙。

「嘿嘿嘿……掌櫃，你想怪盜二十面相是這麼容易對付的人嗎？你以為我不知道擺在壁龕的是贋品，真品是埋在土中那一個嗎？」

聞言，大鳥和管家嚇得互相對看，怪盜竟然知道祕密。門野老人的苦心完全化為泡影。

「咦，聲音好像是從天花板傳來的。」

大鳥突然察覺到似的，抓著管家的手臂耳語著。

聲音的確是從天花板的方向傳來，因為這裡只有天花板才能躲人。

「嗯，沒錯，怪盜二十面相那傢伙可能躲在天花板上。」

管家抬頭看著天花板，輕聲說道。

「快點叫店裡面的人來，吩咐他們掀開天花板，擒住竊賊。快點、快點！」

大鳥用雙手將門野老人往外推，催促著他。老人按照他的吩咐，跑到走廊，往店中趕去，想要叫喚店員。

終於三名穿著同樣襯衫的店員拿著梯凳和棍棒等悄悄的走過來。打算趁對方不留神時，掀開天花板，將竊賊一舉成擒。

在門野老人的手勢下，一名店員雙手緊握棍棒，站在梯凳上，用力的敲打天花板。

一下、兩下、三下，天花板發出巨大的聲響，被打破了，露出一個大洞。

「用這個照照看。」

管家遞出手電筒。站在梯凳上的店員接過手電筒，頭鑽到天花板洞中，看著天花板內黑暗的景象。

大鳥鐘錶店，大部分都是水泥建築的洋房，這個房間則是後來改建一層樓的日式房間。屋頂內側並不寬，一眼就可以全部看完。

「沒有東西，全部用手電筒照過了，連一隻老鼠也沒有。」

店員說著，失望的爬下梯凳。

「不可能，我看看。」

這時輪到門野管家拿著手電筒爬上梯凳，看著天花板內側。但在黑暗中的確沒有發現人影。

「真奇怪，聲音的確是從這裡傳出來的……」

「沒有嗎？」

大鳥似乎覺得有點安心的問道。

「嗯，真的空無一物，連一隻老鼠也沒有。」

最後，還是沒有發現竊賊，那麼，先前奇怪的聲音到底是從哪裡傳來的呢？當然不可能是從地板下。這麼厚的榻榻米下的聲音，不可能聽得這麼清楚。

難道還有其他可以隱身的場所嗎？啊，魔術師怪盜二十面相又開始使用他的魔法了。

意外中的意外

聽到聲音說知道真正黃金塔的藏匿處，大鳥感到非常擔心。於是在將三名店員屏退之後，和門野管家兩人，趕緊將榻榻米掀開，命令管家挖開鋪在上方的泥土。

門野拚命的挖掘，最後用失望的聲音說道：

「老爺，沒有，它已經消失了。」

大鳥聞言，洩氣之餘，呆坐在地板上，連開口說話的力氣都沒有，楞楞的凝視地板下黑暗處。後來，不禁納悶的問道。

「喂，門野，這到底是怎麼回事啊?自從把寶塔埋在地板下後，除了上廁所，我幾乎沒離開這個房間，就算有人趁我不在，偷偷溜到這兒來，還是必須掀開榻榻米，掀開地板，還要挖土，再把寶塔拿出來，根本沒有這麼充裕的時間。那傢伙到底是用什麼手段把它偷走的呢?」

大鳥與其說是懊惱，不如說更為納悶。

「我也在思考這個問題。如果是古老的建築，就可以從庭院的邊緣鑽進地板下，但是，這個房間的邊緣已經被厚木板釘死，就算有縫隙，連一隻小狗都爬不進來。

況且，也已經用手電筒檢查過地下，根本沒有可以讓人鑽進來的空間。下面泥土很軟，除非那傢伙會遁地術，否則也會留下痕跡。」

門野管家露出狐疑的神情，嘆了一口氣。

「呵呵呵……你們一定很驚訝吧！這就是我怪盜二十面相的高明手法，黃金塔我就接收下來了，再見啦！」

又聽到那個陰沈的聲音。到底怪盜二十面相身在何方？不在走廊，也不在天花板，更不在地板下，到底還有什麼地方可以藏人呢？

難道會變魔法的怪盜二十面相，真的化身為肉眼看不到的氣體，停留在房間中的某處嗎？

「門野，那傢伙的確在這附近。雖然看不到他，但是，他就在這附近。吩咐店員，看緊出入口，快點、快點！我一定要抓到他。」

大鳥在管家耳邊輕聲說道。與其說感到很納悶，不如說他已經開始生氣了。非抓到竊賊不可！

管家也有相同的想法，聽到主人的吩咐，立刻朝店頭跑去，命令店員監視著前門和後門，一旦發現可疑的人，就立刻放聲大叫，引來眾人前往擒賊。

當然，店內又是一片騷動。

「怪盜二十面相就在家中，發現他一定要給他好看。」

十餘名血氣方剛的店員，手持棍棒和手電筒，有的人守住大門、後門，有的則組成巡邏隊伍，四處搜查。因此，店內喧嘩不斷。

但是，約莫過了一小時，店內各個角落，甚至連置物櫃、櫥子、天花板、走廊等，全都仔細找過，就是沒有發現竊賊的蹤影。

怪盜二十面相難道已經逃走了嗎？難道他化為一陣風消失了嗎？那麼他是從哪兒逃走的呢？大門和後門，凡是有出入口的地方，全都有店員把守著，根本插翅難飛。

「門野，你認為如何？真的是很不合常理……我總覺得那傢伙就在眼前，我甚至覺得可以在房間裡聽到他呼吸的聲音呢！」

再度返回那間房內的大鳥，面露驚訝的表情，環顧四周，對管家耳語著。

「我也這麼覺得，難道他真的會變魔術嗎？」

門野管家深有同感似的。

兩人茫然的互看對方。這時，一名年輕店員跑進來。

「明智偵探來了。」

店員報告道。

「什麼，明智來了嗎？啊，太晚了，如果能早一步就好了。他先前到底在做什麼？和傳聞中的他完全不一樣，根本不是什麼名偵探。」

大鳥先生因為黃金塔被盜，感到忿忿不平。對偵探不禁口出惡言。

「哈哈哈……看來你好像很不高興喔！你是不是想知道我之前在忙什麼呢？」

就見身穿黑色西裝的明智小五郎，已經站在房門入口處了。

「啊，明智先生，不好意思，被你聽到了。但是，你的確什麼也沒做啊！你看，黃金塔被偷走了。」

大鳥覺得有點抱歉似的苦笑道。

「你說被偷走了嗎？」

「是的，正如他所預告的，真的被偷走了。」

大鳥氣憤的說出門野管家想出來的計策，同時指著榻榻米尚未放回原處的地板下方，說明真正的黃金塔已經不見了。

「這個我知道。」

明智偵探，似乎不需要聽詳細的說明，就已經了解一切，斬釘截鐵的回答。

「咦，你知道啊？既然如此，你為什麼又任由怪盜二十面相偷走寶塔，卻坐視不理呢？」

大鳥生氣的吼叫著。

「沒錯，我就是坐視不理。」

明智的反應極為平靜。

「你、你說什麼？你為什麼……」

大鳥驚訝得目瞪口呆。

「明智先生，看你的樣子好像早就知道黃金塔會被偷走似的，可是你和主人不是有約定嗎？你不是答應一定要保護黃金塔嗎？」

門野管家逼問著偵探。

「我確實已經履行約定。」

「是嗎？到底是怎麼回事，黃金塔已經被偷走了啊！」

「哈哈哈……你在胡說什麼？黃金塔不是在這裡嗎？還在那兒閃耀著光芒呢！」

明智偵探愉快的笑著，指著擺在壁龕上的黃金塔。

「笨蛋，你在說什麼，這是假的！不是已經告訴你，真的已經移到地板下，但是被偷走了。」

大鳥氣急敗壞的大叫著。

「等等，如果藏在地下的是贋品，而擺在壁龕的是真品，那又如何呢？既然怪盜二十面相會使詐，我就讓他拿走贋品，這不是讓人覺得很痛快嗎？」

明智偵探的話，透著一絲奇妙。

「咦，你說什麼？別開玩笑了。如果擺在壁龕的寶塔是真的，為什麼會引起這麼大的騷動呢？那是門野煞費苦心弄來的贋品。即使光芒熠熠，也只是鍍金的。」

「是不是鍍金的，只要檢查一下就知道了。」

明智說著，按下木製盒子的隱藏按鈕，關掉紅外線防備裝置，拿起塔頂的部分，遞到大鳥面前。

偵探一副自信滿滿的樣子，大鳥不禁被他吸引過來，開始檢查塔的一部分。

看了半晌，大鳥臉色大變，原本蒼白的臉頰恢復血色，茫然的眼神再度燃起希望的光芒。

「啊，這怎麼回事？門野，這是真的黃金塔，不是鍍金的，連裡面都是純金的。這到底是怎麼回事？」

大鳥高興得發抖，同時跳近壁龕，仔細檢查寶塔其他的部分。長年來與貴重金屬為伍的他，立刻就知道這全部都是真正的黃金打造的。

「明智先生，正如你所說的，這是真品。啊，謝謝你的幫忙，怪盜二十面相偷走的是贗品。但究竟是誰，在何時將真品和贗品對調了呢？家中沒有人知道這個祕密啊！而且我一直在這個房間看守著，不可能有機會可以對調……」

「那是我命人對調的。」

明智偵探，不慌不忙的回答。

「是你！那麼誰奉命這麼做呢？」

大鳥似乎覺得這是意外中的意外，驚訝萬分。

「你家最近是不是來了一個年紀很輕的傭人呢？」

「是的，就是你介紹的，名叫千代的女孩。」
「你把那個女孩叫過來。」
「叫千代有什麼事啊？」
「當然是有重要的事，立刻把她叫來。」
明智偵探說著奇怪的話。
大鳥雖然不明所以，還是將千代叫來。各位讀者是否還記得，千代就是那位經常偷窺房內動靜的可疑怪少女。
不一會兒，有著一張蘋果臉的少女出現在房間入口。
「到這兒坐下來。」
偵探讓少女坐在自己的身邊，開始說明對調黃金塔的過程。
「大鳥先生，你是否還記得將真正的塔埋在地下時，後面倉庫失火的事嗎？」
「我記得，這個你也知道啊！但這是怎麼回事啊？」
「那場火是我命人放的。」

「咦，你說什麼，你命人放火？我不明白為什麼你要這麼做？」

「當然有我的目的囉！在你將注意力放在火災上時，我就命人立刻對調黃金塔。所以藏在地板下的寶塔，又回到原先的壁龕上，壁龕上的贗品則被移到地板下。從火場趕回來的你，當然就不知道真品、贗品被調換了，還是將贗品埋在地下，誤以為壁龕的真品就是贗品。」

「原來如此。那場火是為了要引我們離開這個房間所設的圈套。可是如果你要這麼做，應該要事先告訴我啊！不需要故意放火，我自己就可以將真品和贗品對調。」

大鳥似乎很不滿的說道。

「我當然有我的理由，待會兒再告訴你。」

「那麼，到底是誰將寶塔對調的呢？該不會是你自己動手的吧？」

「就是這個傭人做的。他是我的助手。」

「咦，她不是千代嗎？這麼乖的女孩，怎麼可能辦得到呢？」

大鳥似乎感到很驚訝，看著這個可愛的少女。

「哈哈哈……千代不是少女。你把假髮拿下來，讓大家瞧瞧。」

在偵探的指示下，少女笑著用雙手扯下假髮，露出少年的頭。原以為是少女，沒想到竟然是個可愛的少年。

「我為各位介紹，他就是我的左右手偵探助手小林芳雄。這件事情能夠成功，全都要歸功於小林。大家稱讚他一下吧！」

明智偵探看著祕藏弟子小林，笑了起來。

真是出人意料之外。少年偵探團團長小林芳雄竟然化妝成女傭人，混進大鳥鐘錶店。而且教怪盜二十面相上了個大當。

「啊，真令人驚訝！你是男孩，我們家卻沒有任何人察覺，你真是太棒了！小林少年，謝謝你、謝謝你，謝謝你讓我保住了傳家之寶。明智先生，你擁有這麼好的弟子，真是太幸運了！」

大鳥先生很高興的摸著小林的頭，讚不絕口。

「但是明智先生，還有一件很怪異的事情，就是怪盜二十面相不知道躲在哪裡對我們說話，現在可能已經離開了，如果你早來一步，也許就能夠抓到他，真是可惜！」

大鳥雖然保住黃金塔，但是讓竊賊逃走，不免擔心日後他又會來奪走寶塔，害怕往後都不得安眠。

「大鳥先生，你放心吧。我一定會抓到怪盜二十面相。」

明智偵探出人意料的說出這句話。

「咦，你說你會抓到他？抓到怪盜二十面相？什麼時候？在哪兒抓到？他現在到底身在何方？」

聞言，大鳥覺得十分詫異。

「怪盜二十面相就在這個房間裡，就在我們眼前。」

偵探愉快的說道。

「咦，在這個房間裡？可是你看，除了我們四個，沒有別人啊！他到底躲在哪兒？」

「不，他沒有躲藏，怪盜二十面相就在那兒囉！」

說著，名偵探意味深長的笑了起來。

各位讀者，明智偵探到底在說什麼呢？大鳥和門野管家，懷疑自己的眼睛是不是有問題，目光不斷的搜巡四周，卻沒有發現房間有任何其他的人。難道怪盜二十面相還是利用他的魔術，化為氣體，躲在房間的某個角落裡嗎？難道別人肉眼看不到的怪物，只有名偵探明智小五郎才看得到嗎？

你就是怪盜二十面相！

大鳥吃驚的環顧四周，但是，仍然沒有發現竊賊的蹤影。

「哈哈哈……請你別開玩笑了，這裡只有我們四個人，根本沒有別人。」

在緊閉門戶的十個榻榻米大的房間裡，只有主人大鳥、老管家門野、明智偵探及小林四人。到底明智所言為何？他到底在想些什麼呢？

「沒錯，這裡的確只有我們四個人，但是，怪盜二十面相的確在這個房間裡。」

「先生，我們完全不明白你的意思，可不可以說得更詳細一點。」

老管家戰戰兢兢的詢問偵探。

「你還不明白嗎？你是不是想問我，怪盜二十面相在哪裡？好，我就告訴你。」

明智緊盯著老管家瞧，意味深長的說道。

「咦，你在說什麼？」

門野老人驚訝的看著偵探。

「誰是怪盜二十面相，就算告訴你也無妨。」

明智眼中閃耀著如閃電般的光芒，直瞪著對方。老管家好像被他的目光射中似的啞口無言，不禁低下頭。

「哈哈哈……怪盜二十面相，你的化妝真的很精巧，像極了一個六十歲的老人，但還是瞞不過我的眼睛。你，你就是怪盜二十面相！」

「怎麼可能，這、這怎麼可能……」

門野老人臉色慘白，企圖辯解。

大鳥這時插嘴說道。

「明智先生，你一定搞錯了。門野從他父親那一代開始，就在我們店裡工作，是一個循規蹈矩的人。他怎麼可能是怪盜二十面相呢！」

「不，你難道忘了怪盜二十面相是個善於喬裝易容的名人嗎？沒錯，真正的門野是個很守規矩的掌櫃，但是，這個男人不是門野。當預告出現後不久，怪盜二十面相就把真正的門野監禁在某個地方，自己喬裝成門野，來你店裡工作。

不，不只是來工作，他甚至每天晚上都回到門野家去，就連他的家人也都沒有察覺。」

這怎麼可能，站在眼前的老人的確和門野管家一模一樣，毫無可疑之處。為什麼他能夠裝扮得如此神似呢？

一行人都感到非常訝異，看著明智偵探。就在此時，又聽到不知從哪兒傳來的陰沈聲音。

「呵呵呵……明智先生當真老糊塗了，抓不到怪盜二十面相，竟然就誣賴毫不知情的老人……喂，明智先生，睜開眼睛仔細看清楚，我在這兒，怪盜二十面相在這兒呢！」

這個大膽妄為的竊賊，似乎還躲在房間的某個地方。

「先生，那個才是怪盜二十面相，好像是從天花板傳來的。現在你應該知道了吧，他並沒有假扮門野，門野不是怪盜二十面相。」

大鳥驚懼萬分的用手指著天花板，輕聲說道。

但是，明智偵探依然十分鎮靜，他緊抿著嘴，盯著大鳥看。

這時，不知從哪兒又傳來另一個聲音。

「喂喂，你這欺騙小孩子的把戲。

難道你以為我不知道腹語術嗎?哈哈哈……」

大鳥聽到這番話，嚇得全身起雞皮疙瘩。真是不可思議，但這的確是明智偵探的聲音，而且是從天花板傳來的。可是，偵探明明就站在眼前，嘴巴也緊閉著坐在那兒。就好像變魔術一樣，彷彿明智偵探突然變成兩個人。

「這下你應該明白了吧。老闆，這就是腹語術，是一種不需要動嘴巴就能說話的技術。我表演的這個技巧，聲音好像是從其他不同方向傳來的。你認為是在天花板，就是在天花板。你認為是地下，那聽到的就是從地下傳來的。現在你應該知道了吧。」

直到現在，大鳥才恍然大悟。他也聽過腹語術。如果之前聽到的聲音就是腹語術，那麼，整件事就有合理的解釋了。無論是天花板或地面下，都沒有怪盜二十面相的蹤影，理由就在於此。也就是怪盜二十面相的確喬裝成門野老人了。

大鳥半信半疑的盯著門野老人看。門野老人臉色蒼白，然而接著卻露出笑容的說道：

「說到腹語術，你如何確定我會使用這個方法呢？明智先生，您太瞧得起我了。我絕對不是怪盜二十面相那個可怕的大盜。」

就在他話尚未說完時，突然有人敲著房間的板門。

「誰啊？有事待會兒再說，現在不可以進來。」

大鳥大聲叫著，可是卻聽到板門外傳來令人意想不到的聲音。

「是我，我是門野，快開門。」

「咦，門野？你真的是門野嗎？」

大鳥嚇了一跳，慌慌張張的打開了板門。一看，真的是門野管家面容憔悴的站在門外。

「老爺，真是非常抱歉，竊賊抓住我，直到先前明智先生才把我救出來。」

門野不停的道歉，這時卻看到房間裡另一個門野，不禁失聲叫道：

「啊，你到底是誰？」

真是一幅神奇的光景。不，與其說是神奇，不如說令人感到毛骨悚然，有種難以言喻的恐懼感。

就好像照鏡子一樣，兩個相貌相同的老人，用燃起敵意的目光互瞪著對方，佇立在當場。這是不是彷彿做了惡夢似的光景呢？

沒有人說話，大家都呆立不動。幾十秒過去了，畫面就好像電影突然中止轉動，四周一片沈默。

打破沈默的是五人中的某一人，他做出了驚人之舉。接著穿著少女服飾的小林大叫著：

「啊，老師，怪盜二十面相他！」

發出錯愕的聲音。

怪盜二十面相知道真正的門野管家出現後，明白自己事跡敗露，再無勝算。於是，立刻跳下榻榻米已經移開的地板下。正當眾人覺得他可能是躲在裡面的時候，不料發生了讓人難以置信的怪事。

真是太不可思議了。這個假的管家就好像鑽進土中似的，消失得無影無蹤了。

啊！難道怪盜二十面相真的會變魔術嗎？他難道真的懂得化為氣體的妖術嗎？

逃走

「哈哈哈……不必驚訝，怪盜二十面相鑽到泥土下去了。」

明智小五郎，不慌不忙的看著詫異的眾人說道。

「咦，鑽到土中，這到底是什麼意思？」

大鳥訝異的問道。

「土中已經事先挖好了祕密洞穴。」

「咦，祕密洞穴？」

「是的。怪盜二十面相為了偷走黃金塔，事先在地下挖洞，假扮成管家，表現出忠誠的態度，騙你把真正的寶塔埋在地下。再由手下從挖好的洞中潛入，將正好擺在洞穴入口的寶塔，神不知鬼不覺的運走了。所以，你當然無法發現竊賊的蹤跡，因為他們不是在地面上走動，而是在土裡行動。」

「但是，我已經察看過地下，並沒有發現什麼祕密洞穴啊？」

「那是因為有蓋子的緣故。來，你到這兒來看看。大的鐵板蓋在洞穴上，再用土蓋住。現在怪盜二十面相掀開那個鐵板，鑽進了洞中，因此，才會消失蹤影。」

大鳥、門野老人和小林趕緊靠向一旁，看著地下。果然有一塊鐵板被扔下，旁邊則有一個好像老舊古井般的大洞，露出漆黑的洞口。

「這個洞通往哪裡？」

大鳥驚訝的詢問。明智立即應答，彷彿無所不知似的。

「在鐘錶店後門，那裡有一間空屋，洞穴就是直接通往空屋內的地面。」

「不趕緊追他，恐怕會讓他逃走。先生，我們快點繞到空屋去。」

大鳥擔心的說著。

「哈哈哈……我怎麼可能會沒有想到這一點。在那間空屋洞穴的密道出口處，有中村搜查組長的五名手下看守著，現在可能已經抓到那傢伙了。」

「啊，是嗎？準備得真充分。謝謝你、謝謝你，我今晚可以高枕無憂了。」

大鳥拍拍胸部，感謝名偵探無懈可擊的處理。

但是，怪盜二十面相真的如明智所預料的，被五名警察逮捕了嗎？他也是著名的魔術賊，也許又運用他那意外的邪惡智慧，破壞了名偵探的計策。思及此，的確教人擔心。

這時，黑暗的洞穴中到底發生什麼事了呢？

假扮成門野老人的怪盜二十面相，在眾人疏忽之際，突然趴的跳進洞穴中，好像土撥鼠一樣，在狹窄的洞穴中爬行，迅速趕到另一邊的出口。

在鐘錶店後門街道的空屋內，從這個房間算起，只隔著狹小的庭院和圍牆，因此，地道長度不過二十公尺。怪盜二十面相，先租下那間空屋，再命令手下，在神不知鬼不覺的情況下，挖了條地道，所以，無法在短時間內砌好石牆或磚瓦，成為如舊式的礦坑般。只用原木製的外框擋著，防止泥土坍塌，是一個極其簡陋的地道，寬度也只夠一人通過。

怪盜二十面相全身是泥土的爬到空屋出口下方時，往外面一看，又嚇得縮回脖子。

「畜牲，原來早就佈好陷阱。」

他感到非常驚訝，只好再退回去。

洞穴外，黑暗中可以看到一大堆黑色人影，而且全都好像穿著制服的警察。制服帽上的徽章和手槍的槍托，在黑暗中閃耀著光芒。

怪盜二十面相猶如囊中物，不，現在又成了洞穴中的土撥鼠。就算是凶賊也有倒楣的時候。往前進，有五名警察待命；往後退，又有比任何人都可怕的明智名偵探在等著。

前進無路，後退無門。然而並非土撥鼠的怪盜二十面相，真的會甘於待在這既黑又潮濕的地道中嗎？

怪盜似乎一點也不害怕。他在黑暗中，在漆黑的坑道裡不斷後退，不停摸索著。接著從地道牆壁的陷凹處，取出一個包袱。

「如何？二十面相是何等人物，怎麼可能這麼大意呢？敵人出五，我就出十；敵人出十，我就出二十。我有這樣的準備，就算名偵探也不知道吧。在怪盜的字典裡，沒有不可能這三個字，哈哈哈……」

他自言自語著，同時打開包袱，取出警察制服、帽子、警棍和鞋子等。

思慮的確很周詳。為了以防萬一，他甚至準備好了喬裝用的衣服。

「啊，不可以忘記。首先要去除頭髮的染髮劑和臉上的皺紋。」

怪盜二十面相用開玩笑的語氣喃喃自語。從懷中掏出銀色的盒子，利用裡面沾了揮發油的棉花，仔細的擦拭頭和臉。撕一塊棉花擦拭，然後丟掉。撕一塊棉花擦拭，然後丟掉。反覆數次相同的動作，老人的白髮又回復到黑髮，臉上的皺紋也被處理掉，變成一個年輕的青年。

「這樣就好了，我很快就可以裝扮成警察。盜賊很快就可以變成一名警察了。」

怪盜二十面相一邊想著，同時在黑暗中換裝。神情好像很愉悅似的，甚至吹起口哨。

※　　　※　　　※

在後門不遠處的空屋，是一棟日式商家建築。裡面的房間就和大鳥鐘錶店的裡面房間一樣。掀開一塊榻榻米，拿掉地板，下面就露出黑色的泥土。

泥土正中央，並沒有用鐵板做成的蓋子，而是露出了一個洞穴口。洞穴周圍有五名穿著制服的警察，有的站在地上，有的坐在榻榻米上，有的則坐在房間裡，直盯著洞穴看。不過，並沒有打亮手電筒。為了以防萬一，其中兩人手上拿著手電筒。

「如果明智先生能夠更早發現這個洞穴，應該就能連偷走寶塔的盜賊手下一起抓到。」

一名警察好像很遺憾似的說道。

「其實，只要抓到怪盜二十面相，就能將他的手下一網打盡。而且被偷的寶塔只是贋品嘛！只要保住真品就沒問題了。怎麼還不快點出來呢？」

另一名警察手臂交疊著，好像在等待似的回答道。

警察們甚至不敢抽菸，只能在黑暗中等待，時間彷彿停止般。

「咦，好像有聲音？」

「哪裡？在哪裡？」

一名警察立刻拿著手電筒站了起來。這個動作已經重複好幾次了。

「啊，不會是老鼠吧？」

要抓的怪盜二十面相一直沒有露臉。

不過，這次卻是個人。有人在洞穴中發出很大的聲響。有撥開泥土的聲音，有喘氣的聲音，怪盜二十面相終於出現了。

五名警察同時跳起來，擺好姿勢。兩個手電筒的圓形光線從左右趴的照亮洞穴入口。

「啊，是我、是我。」

意外的，從洞穴中出來的人向他們打招呼。

並不是怪盜，而是個年輕的警察。雖然是個生面孔，但可能是這一區的警察。

「竊賊呢？不會逃走了吧？」

其中一名看守的警察突然問道。

「不，已經抓到了。在明智先生的指示下，我們警局的人已經將他逮捕了，你們快過去吧……我才剛檢查完這個地道，看有沒有其他黨羽躲在裡面，不過，沒有發現任何人。」

年輕的警察說著爬出洞穴，站在五名警察面前。

「什麼，已經逮捕了嗎？」

這些人蓄勢待發，嚴陣以待，結果知道是徒勞無功後，都感到很失望。其實與其說是失望，不如說因為功勞被其他警局的人搶走，他們心生不平。

「明智先生說，你們已經不必在這裡監視了，快到那兒去吧……我還有事，要先回警局，我先走一步了。」

年輕警察斬釘截鐵的說完，就摸黑朝空屋的大門走去。

剩下的五名警察似乎很不高興似的，絲毫沒有移動半步。

「真是無趣！」

一名警察在原地磨磨蹭蹭的說道。這時，有一名警察突然想到什麼似的大叫。

「咦，奇怪，那個男子不是奉命調查地道嗎？可是竟然沒有回去報告，反而說要先回警局，這不是很奇怪嗎？」

「說得對。而且既然要檢查地道，為什麼沒有打亮手電筒呢？」

警察們突然產生一種難以言喻的不安。

「怪盜二十面相那傢伙不是很會化妝嗎？他還曾經喬裝成國立博物館館長（請參閱第一集《怪盜二十面相》），難道這個也是……」

「咦，那傢伙是怪盜二十面相？」

「快追啊！如果被他逃走，到時候就沒臉見組長了。」

「對，快追！不要被他逃了。」

五個人慌慌張張的跑到空屋入口，看著深夜的城鎮。

「啊，跑到那兒去了。試著叫他看看。」

五個人異口同聲的叫道。

「喂，喂！」

聽到警察呼喊的怪盜二十面相，回頭看了一下，但是並沒有停下腳步，反而加快速度，一溜煙的跑了。

「啊，沒錯，他就是怪盜二十面相！」

「畜牲，還想逃！」

五個人慌忙的追趕在後。

現在已經是過了一點的半夜時分，街上熱鬧的商店街宛如廢墟般，一片闃寂。街上只有街燈亮著，與沒有人煙的柏油路延伸，消失在黑暗的盡頭。

路上只見不斷奔跑的警察，以及在後頭追趕的五名警察。開始了令人納悶的奇妙追捕行動。年輕警察加快腳步向前快跑。來到轉角時，時

而往右，時而往左，不斷的改變奔逃方向，企圖欺騙追兵。

來到京橋某個小公園的圍牆外，右邊是公園的水泥牆，左邊則是臨河的安靜空曠地方。

怪盜二十面相跑到這裡時，突然停下腳步回頭看。五名警察似乎朝不同方向追緝，並沒有看到他們的身影。

確認後面已經沒有追兵後，怪盜二十面相好像突然想起什麼似的，蹲在地上，手抓著地面，用力掀起一片約五十公分的圓形鐵板蓋，露出一個大的黑色洞穴。原來是下水道的入口。

住在城市的讀者，應該常常可以看見有人掀開這種鐵蓋，進入下水道工作。怪盜二十面相掀起鐵蓋，跳到裡面，迅速蓋好鐵蓋。

在鐵蓋蓋上的同時，五名警察正好從街道轉角彎過來。

「咦，奇怪，我的確看到那傢伙跑到這兒來啊？」

警察佇立在那兒，看著一片死寂的城鎮。

「距離下一個轉角有一百公尺，不可能這麼快就消失。難道是跳過圍牆，跑到公園去了？」

「還是跳進河裡了？」

語畢，警察們仔細環視左右，加快腳步，通過地下水道入口，朝著公園入口的方向遠去。

下水道入口鐵蓋在五人鞋子踩踏後鏘鏘作響，警察們沒有察覺到自己正通過怪盜二十面相的頭頂上。都市裡的人對這個入口都很熟悉，因此，就算踩在上頭，也多半不會特別去注意。

五名警察回到大鳥鐘錶店，將事情始末告訴明智。這已經是二十分鐘之後的事情了。

聽到五名警察的報告，明智偵探非常失望。他會不會因為警察的大意而生氣呢？不，絕對不會，各位讀者請安心吧！我們的名偵探不是那種會因為這點失敗就喪失勇氣的人，他聰明絕頂，早就準備好了應付的方法。

「辛苦你們了！你們本來就不會猜到他在地道裡還藏了一套易容的

衣服。不過，各位不必失望，我早就猜到可能會發生這種事，所以已經做好了萬全的準備。

就算怪盜二十面相僥倖逃走，他還是無法逃過我佈下的天羅地網。你們等著看吧，到明天早上之前，我一定會替你們報仇。

老實說，我早就料到他會逃走，我感到愉快得不得了。因為我的計策是很棒的手段。你們等著瞧，到時候怪盜二十面相一定會為此哭泣。你們也可以看到我的手下們如何智擒盜賊。

小林，趕快到怪盜二十面相最後的舞台去。」

名偵探依然笑臉迎人，對愛徒小林招手。離開大鳥鐘錶店，坐上久候的汽車，在夜霧中急馳而去。

※　※　※

我們再度回到公園現場，看看鑽入下水道的怪盜二十面相目前的動靜。

待警察們離去，四周又恢復寧靜，這已經是深夜兩點的事，當然不會有人通過。

遠處傳來狗叫聲，不久，又沈靜下來。世界彷彿失去聲音似的，十分寧謐。

這時，聳立在漆黑夜空中，公園樹林的樹梢，雖然沒有起風，可是卻微微顫動著。夜鳥則發出兩聲咯咯的奇怪叫聲。

天空暗黑無光，這是一個沒有星星、沒有月亮的黑夜。提到光，也只有街燈的微光而已。其中一個街燈，正好照在怪盜二十面相躲藏的下水道入口的黑色鐵板上。

但是，黑色鐵板蓋卻遲遲未見移動。怪盜二十面相在黑暗的下水道到底在做些什麼呢？

過了漫長的兩個小時，到了凌晨四點，東邊的天空已經開始泛白。遠方深川的天空，徹夜工作的工廠汽笛聲響起，好像在通知眾人，黎明即將到來。

這時，在街燈照耀下，下水道入口的蓋子彷彿活物般，慢慢的移動

著，鐵蓋卡噹一聲脫離溝槽，移到旁邊的地面。下方漆黑的洞處，一公分、兩公分，不斷的擴大。

經過很長的一段時間，鐵蓋終於完全被打開。從圓形洞口處，出現了新的灰色軟帽，露出鼻子下方蓄著鬍子的青年紳士的臉，以及雪白的白領、華麗的領帶、高級的西裝，連脖子以下都可以看到。這位紳士小心翼翼的打量周圍，確定沒有人後，趴的從洞中跳出來，並立刻蓋回鐵蓋，若無其事的走開。

這位青年紳士當然就是怪盜二十面相喬裝的。他真的是十分謹慎。怪盜二十面相之前到底做了什麼事？原來他在下水道中也事先藏了易容的衣物。一旦被警察追捕，他就可以立刻躲到下水道，再扮成另一種相貌和服裝，若無其事的逃脫。

各位讀者住家附近是否也有這種下水道的入口，如果有，不妨去找找，也許裡面藏著大的黑色包袱喔！若是發現黑色包袱，那就表示怪盜二十面相要在附近做什麼可怕的事了。

怪盜二十面相青年紳士快步走到附近的大街上，靠近在那兒的停車場排隊等候客人的最前方的汽車，招呼正在打盹兒的司機。

司機打開車門，他鑽進後座，趕緊說出目的地。

汽車加速奔馳在天剛亮的城鎮中。離開銀座街道，穿過新橋，沿著環狀線到品川。接著從品川朝西，在京濱國道開了一公里後，再沿著小徑往北走，來到人煙稀少的坡道對面，一座有小樹林的小山丘上，那兒矗立著一棟古老的西式洋房。

「好，就在這兒停車。」

怪盜二十面相喬裝的青年紳士，吩咐停車，付了車資，直接爬上山丘。穿過樹叢，進入洋房的玄關。

各位讀者，這裡就是怪盜二十面相的賊窩。竊賊終於逃到了安全的藏身處，那麼明智偵探的苦心是否終將成為泡影呢？怪盜二十面相真的瞞過了偵探的眼睛嗎？

美術室的怪物

怪盜二十面相打開門，站在玄關的大廳。聽到有聲音，一名手下探出頭來。是一名披頭散髮，臉上鬍子雜亂未修，身穿骯髒衣服的男子。

「你回來啦……很成功吧！」

手下毫不知情的笑著問道。

「成功？你在說什麼夢話。我躲在下水道入口，等到天亮。這可是最近前所未有的大失敗。」

怪盜二十面相，忿忿不平的大吼。

「可是，不是已經偷到黃金塔了嗎？」

「黃金塔？那根本就是假的。我們偷回來的是假的東西。我們被明智那傢伙騙了。最可恨的是小林那個小鬼，竟然化妝成傭人，將真品、贗品對調，好個聰明的傢伙！」

手下膽怯地走到首領身邊。

「這到底是怎麼回事?我完全聽不懂。」

訝異的問道。

「先別討論這件事，我已經很累，想先睡一覺再說。晚一點再來想辦法，啊……」

怪盜二十面相打了個大呵欠，搖搖晃晃的穿過走廊，走到裡面的寢室。

手下將怪盜二十面相送到寢室外，雖然門已經上鎖，但他在微暗的走廊佇立了很久，不知道在想些什麼。

約莫呆立了五分鐘，精疲力盡的怪盜二十面相，似乎連衣服都沒有換，就倒在床上，呼呼大睡。

聽到怪盜的打鼾聲，手下笑著站在寢室前，接著又折返到玄關，走出大門，朝著對面的樹林，用右手用力揮了兩、三次。好像在對躲在林中的人打暗號似的。

黎明時分，五點剛過，林中仍殘留著昨夜的黑暗。時間還這麼早，究竟有誰會躲在那兒呢？

看到男子揮手時，樹林中的樹葉微微顫動，此時出現了白色圓形的東西。因為天色不是很亮，所以看不清楚。看起來好像是人的臉。

這時，這名站在洋房入口的男子，雙手伸直，朝左右張開，彷彿鳥拍打翅膀似的，反覆做了這個動作三次。

愈來愈奇怪了，這名男子到底在打什麼祕密暗號呢？對方又是誰？是怪盜二十面相的敵人還是夥伴？目前仍不得而知。

結束奇妙的暗號動作後，又發生了更奇怪的事情。原先在樹林內，朦朧中看起來好像是人臉的東西，原以為是隱藏著的，接著，卻像大野獸在樹林中奔跑，樹葉激烈的搖晃著，發出聲響。樹林間的黑影穿過樹叢，朝對面飛也似地跑去。

這黑影到底是誰？這留著鬍子的手下又到底在打什麼暗號呢？

七小時後，到了這天正午時分。

在寢室的怪盜二十面相，終於睡醒，大概是睡飽了，所以，昨夜的疲累一掃而空，又變成了像平常一樣生龍活虎的怪盜二十面相。他進入浴室盥洗，按照每天早上的習慣，打開走廊盡頭的門，走到地底的美術室去。

這棟洋房有廣大的地下室，裡面是怪盜的祕密美術陳列室。相信各位讀者已經知道，怪盜二十面相不像世間的壞蛋，會偷盜金錢、殺人或傷人，他的目的只是要偷到各種美術品。

在發生國立博物館事件時，以前的賊窩被明智偵探發現，原先收集的寶物全都被奪回。後來，怪盜二十面相又開始偷竊各種美術品，在這個新的地下室中，又興建了這個祕密寶庫。

約二十個榻榻米大的空間，看起來不像地下室，是個相當氣派的房間。四面牆上掛著日本畫的掛軸和大大小小西洋畫的扁額，其下方則陳列鑲著玻璃的櫳子，炫目耀眼的金屬、寶石類等大小美術品陳列其中。

此外，在牆壁各處，古時的木雕佛像總共十一尊，佛像安置在蓮花座上。任何人只要見到，都知道這些美術品大有來頭。這裡彷彿是私人博物館一般。

因為在地下室，所以沒有窗戶。只有天花板的一角，開著一扇好像厚玻璃，像是天窗似的設計。從那裡可以射入微弱的光，所以即使是在白天，美術室也像傍晚一樣昏暗。

房間的天花板雖然懸掛著美麗的裝飾燈，但是怪盜二十面相如果不是在得到新的寶物時，絕對不會開燈。他非常喜歡好像大寺院廟堂裡那種莊重微暗的感覺。在昏暗中欣賞美術品，古董字畫和佛像愈顯尊貴。

怪盜二十面相現在就站在美術室中，很愉悅的環視這些寶物。

「哈哈哈，明智先生，你以為讓我吃了個大虧就很得意嗎？黃金塔算什麼，我這裡還收藏這麼多的寶物，就算是明智偵探，也不知道我還有一個這麼棒的美術室吧！哈哈哈……」

怪盜喃喃自語的說道，而且快樂的笑著。

怪盜二十面相走近擺在房間角落的一個佛像前。

「真是太棒了，不愧是國寶，簡直栩栩如生。」

說著撫摸佛像的肩膀。可是，不知道想到什麼，突然手停了下來，嚇了一跳，瞪著佛像的臉看。

這佛像摸起來竟然有體溫。不只如此，身上的脈搏還在跳動，就好像會呼吸似的，胸前還起伏著。

就算是栩栩如生的佛像，也不可能會呼吸，脈搏會跳動啊！看起來彷佛妖怪般。

怪盜二十面相覺得很不可思議，拍拍佛像的胸，但卻不像平常有啪啪的聲音，摸起來軟軟的。

怪盜二十面相的腦海中立刻閃過一個念頭。

「啊，你是誰？」

他用可怕的聲音，對著佛像大叫。

到底是怎麼回事？這時，佛像開始移動。在一身漆黑的衣裳下，突然露出手槍槍口，對準怪盜的胸前。

「是你，原來是小林這傢伙。」

怪盜二十面相立刻恍然大悟。這個手法（請參閱第一集《怪盜二十面相》）他以前曾經遇過一次。

但是，佛像並未回答，默默無言的舉起左手，用手指著怪盜二十面相的後面。由於動作詭異，怪盜回頭一看，不禁大吃一驚。蓮花座上的佛像全都動了起來，而且這些佛像的右手全都拿著手槍。十一尊像從四面八方，將槍口對準怪盜。

怪盜二十面相見狀，呆立在原地，眼珠不停的打轉，看著眼前發生的一切。

「我到底是在做夢，還是瘋了？十一尊佛像全都是活生生的，不只會動，而且還拿著手槍，怎麼可能有這種事呢？」

怪盜二十面相搞不清楚到底發生了什麼事情，突然覺得頭昏眼花，幾乎要暈厥。

「喂，怎麼回事？你的臉色很難看喔！」

突然聽到聲音，原來是今天早上留著鬍子的手下走進美術室。

「啊，我有點頭暈。你仔細檢查一下這些佛像，我好像看到奇怪的東西……」

怪盜二十面相摸著頭，輕聲的說著。

這名手下笑著說道：

「哈哈哈……你是說佛像都是活的，會動嗎？這是懲罰，是上天給怪盜二十面相的懲罰。」

說出奇怪的話。

「咦，你說什麼？」

「我說這是上天的懲罰，表示怪盜二十面相的末日到了。」

怪盜二十面相驚訝的看著他。不只木雕的佛像會動，甚至忠心的手下都好像發瘋似的說著可怕的話。

他愈來愈不明白，到底發生什麼事了。

「哈哈哈……怪盜二十面相，你真狼狽啊！為了這點小事就嚇成這樣，哈哈哈……瞧你的臉，嚇得目瞪口呆的。」

手下的聲音為之一變，先前嘶啞的聲音變成清脆的聲音。

怪盜二十面相覺得這個聲音似曾相識，啊！難道是那傢伙嗎？一定是他，畜牲，一定是他沒錯！他嚇得無法說出他的名字來。

「哈哈哈……你還不知道嗎？是我、是我啊！」

手下哈哈大笑，撕下貼在臉上的人皮面具。

結果露出一張青年紳士的臉。

「啊，你，明智小五郎！」

「正是。我的化妝技術也不錯吧！沒想到能騙過你這個易容高手。當然還有因為天才剛亮，四周還很暗，所以你才看不清楚我的面貌。」

明智偵探出人意料之外的現身。

怪盜驚得臉色大變。不過，對方不是妖魔，而是明智偵探。知道這個事實後，怪盜開始恢復平靜。

「你打算怎麼處置我，偵探？」

他惡狠狠的說著，同時旁若無人的朝地下室的出口走去。

「我想抓你。」

偵探朝怪盜二十面相逼近。

「如果我不答應呢？難道你要讓那些佛像開槍打我嗎？哈哈哈……別想嚇唬我了。」

怪盜似乎還想威脅明智。

「如果你不束手就擒，我就這麼做。」

就好像肉彈與肉彈以驚人的速度糾纏在一起似的，聽到一陣可怕的聲響，怪盜二十面相的身體被扔到地上。真是漂亮的過肩摔！

怪盜二十面相躺在地上，驚訝萬分。他做夢也沒想到明智偵探有這麼大的臂力。

怪盜二十面相，也稍微懂一些柔道，非常清楚段數不同的對手的力量。但卻從未料到對方的力量如此強大。

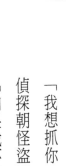

「這次是我輸了，哈哈哈……沒想到我的下場會這麼悲慘。」

他苦笑著，勉勉強強起身。瞪著明智偵探問道：「你打算怎麼處置我？」

大爆炸

怪盜二十面相在十一尊佛像手槍的包圍之下，在明智偵探的監視之下，好像已經放棄掙扎似的，開始在美術室中跺步。

「唉！我的一番苦心如今都變成泡影，最讓我痛心的是，失去這些美術品。明智，請你行行好，我真的覺得依依不捨。你待會兒再叫外面的警察吧！」

怪盜二十面相很快就瞭解這一點。據他的推測，洋房外應該已被數十名的警察包圍著。

明智偵探似乎也同情這位怪盜，只是手臂交疊，在原地不動。彷彿在對怪盜說「你就好好的跟這些美術品告別吧」。

怪盜二十面相依依不捨的在美術室裡來回走著，漸漸的離明智偵探

愈來愈遠。當他到了房間的另一個角落時，突然蹲了下來，好像要掀起床板似的，聽到喀噹劇烈聲響，怪盜二十面相瞬間就消失了。

這是竊賊最後的王牌。美術室下方準備好了一層更深的地道。怪盜二十面相趁著明智不注意時，偷偷打開地道的蓋子，逃入地道裡去了。

名偵探真的中了竊賊的圈套嗎？

到了這個地步還會放走怪盜二十面相嗎？

各位讀者請安心吧！明智偵探自信滿滿的面露微笑。偵探慢慢的走到洞穴上方，看著入口，對怪盜二十面相大叫著：

「喂，怪盜二十面相，你不用再白費心機了，難道你認為我不知道有這個洞穴嗎？我不但知道，而且我還要把它當成監牢使用。請你看看四周，你的三個手下已經手腳被綁住，嘴巴塞住東西，應該就躺在洞穴底部。這三人妨礙我的工作，所以，昨天我就將他們帶到那兒去了。其中有一個只剩一件襯衫，我借了他的衣服，再黏上假鬍子，喬裝之後就變成你的手下了。

那傢伙從大鳥鐘錶店的地道溜走時，我就跟蹤他，看他將假的黃金塔運到這裡來，所以，我才會知道你的藏身處在哪裡。哈哈哈……。怪盜二十面相，你想逃到哪兒去呢？難道你不怕我把牢房關起來嗎？這個洞穴只有這個出口，就好像是地底墓場一樣，這樣才能讓我不費吹灰之力抓到你，哈哈哈……」

明智似乎覺得很有趣似的笑道，接著回頭看十一尊佛像。

「小林，這裡已經沒事了，你把大家帶到外面去吧。通知警察，讓他們來抓怪盜二十面相。」

聽到吩咐，就好像將軍接到命令似的，十一尊佛像立刻從蓮花座上跳下來，在房間中央列隊。佛像全都是少年偵探團團員喬裝的，相信各位讀者已經猜到了。

團員們想親自看到明智偵探逮捕怪盜二十面相的過程，就算會讓明智偵探覺得絆手絆腳，也希望能夠貢獻一己之力。

於是小林團長運用智慧，想到怪盜的美術室裡有十一尊佛像，所以

在微暗的地下室，讓團員們全都化妝成佛像，嚇唬狡詐的怪盜。因此，讓小林徵求明智探的意見。

在天剛亮時，易容為怪盜手下的明智偵探，對樹林打暗號，當時在林中奔跑的就是小林。小林接到暗號不久，就率領少年偵探團團員，趕到賊窩。

十一尊佛像排成三列，對明智偵探行舉手禮。

「明智老師萬歲！少年偵探團萬歲！」

用可愛的聲音大叫著。接著全部向右轉，由小林帶頭，奇妙的一群佛像，就這樣離開了地下室。

然後，就是在洞穴入口和底部的名偵探和怪盜的大對決了。

「這群孩子真是可愛極了。你知道他們多恨你嗎？這種恨真是太可怕了。照理說，我不應該讓他們來這裡，但他們實在太熱衷了，不斷的求我，我只好答應他們。對象是紳士怪盜二十面相，是一個不喜歡見血的美術愛好者，我想他們應該不會遇到什麼危險，所以才答應他們的要求。靠著他們的幫忙，我才能掌握先機，想到佛像開始動，你那驚訝的表情，哈哈哈……絕對不能太輕視小孩喔！」

明智偵探在等待警察到來的空檔，好像在和老朋友聊天似的，輕鬆的說道：

「哈哈哈……怪盜二十面相是紳士盜賊嗎？怪盜二十面相討厭見血嗎？謝謝你的恭維，但我勸你不要太相信我。」

地底深處傳來二十面相陰沈的聲音，顯得有點自怨自艾。

「難道我錯看你了嗎？」

「沒錯……像這種情況，我被迫待在這裡，無處可逃，頭頂上又有無論是智慧或臂力，我都無法戰勝的敵人。」

「哈哈哈……這麼說來，勝負已定囉？」

「可以這麼說。這棟洋房被警察包圍，他們一定會過來抓我，即使如此，你還是走錯了一步棋。」

怪盜的聲音變得愈來愈陰沈、可怕。

「咦，走錯了一步棋？」

「是的，既然我是紳士盜賊，當然，不可能有飛天遁地的工具或利刃，但是卻有一件很棒的事情喔！偵探，你想不想看啊？

哈哈哈……你不知道嗎？在這個洞穴裡，有兩、三個洋酒桶，你應該看過吧。不過，你知道裡面裝的是什麼嗎？

嘿嘿嘿……既然我落到這種下場，我知道該如何處理自己。先前你將這個洞穴比喻為墓場，也的確是墓場。我就是知道這裡是墓場才滾下來的。這裡確實是連骨頭和肉都不會剩下來的墓場。

你不知道吧，桶子裡裝的是火藥，滿滿一桶的火藥呢！

我雖然沒有帶刀子，卻有帶火柴，只要我點燃火柴，扔入桶中，你和我立刻就會被炸得粉碎。哈哈哈……」

就在這時，怪盜二十面相將裝著火藥的桶子滾到洞穴的正中央，準備要打開蓋子似的。

名偵探聞言驚訝莫名。

「糟了、糟了，我怎麼這麼大意，沒有檢查桶子？」

懊惱得不得了。

再怎麼樣也不想陪怪盜二十面相一起死，名偵探在世上還有很多必須完成的工作，只有逃走一途。到底是偵探的腳程快，還是盜賊打開蓋子，點火的速度比較快？這可謂用生命做賭注的競爭。

明智跳起來，就好像子彈一樣，穿過地下室，一次跨過三個階梯，拚命的往樓上跑，終於來到洋房玄關。門一打開，正好遇到正要進入屋內，逮捕怪盜二十面相的十幾名身著制服的警察。

「不能進去，竊賊已經點燃火藥，快逃吧！」

偵探對警察說完，跑入林中。驚愕的警察聽到「火藥」兩字，嚇得魂飛魄散，全都拔腿跑向樹林中。

「大家遠離建築物，快爆炸了，快逃！」

包圍在洋房四周的警察，聽到叫喊聲，全都跑向山丘。可是為什麼有這麼長的時間可以逃呢？事後想想，真是不可思議。難道怪盜二十面相猶豫著，並沒有打開火藥桶蓋嗎？還是火柴已經濕了，所以沒有點著火藥呢？就在眾人遠離危險地區之後，整棟洋房終於爆炸了。

就好像地震一樣，地面劇烈晃動，感覺洋房似乎都被炸飛到天空。不料，戰戰兢兢睜開眼，賊窩竟然還矗立在眼前。爆炸僅止於地下室到一樓的地面，建築物的外觀絲毫沒有損傷。

這時，一樓窗戶開始冒出黑煙，而且逐漸變成濃煙。紅色火焰彷彿巨大妖魔的舌頭般，包圍住整棟建築物，接著洋房就好像變成了一團大火球。

這就是怪盜二十面相最後的下場。

火災熄滅後，進入屋內展開調查，但是，不知是否真如怪盜二十面相所言，骨頭和肉全都被炸得支離破碎？很奇怪地，並沒有發現怪盜和三名手下的屍體。

解說

令人窒息的對決、鬥智場面

尾崎秀樹
（文藝評論家）

『少年偵探團』是江戸川亂步繼「少年偵探」系列的『怪盜二十面相』之後的第二部小說。從一九三七年一月到十二月，在講談社發行的少年雜誌「少年俱樂部」中連載。

同一時期還連載了佐佐木邦的『出世俱樂部』、佐藤紅綠的『黑將軍快快譚』、南洋一郎的『綠的無人島』、子母澤寬的『風雲白馬嶽』，以及較晚的吉川英治的『天兵童子』、小山勝清的『彥一頓智故事』等，並且刊登人氣漫畫田河水泡的『のらくろ』、島田啟三的『冒險ダン吉』、中島菊夫的『日の丸旗之助』等，可謂少年俱樂部的黃金時期。當時我正好就讀小學高年級，也是「少年俱樂部」的忠實讀者。班上能夠購買每一期雜誌來看的學生畢竟有限，所以我負責說故事。下課後，要將當期故事的內容告訴大家。

『少年偵探團』初版，講談社發行

明智小五郎偵探是在『D坂的殺人事件』（一九二五年）時登場的。當時明智偵探還是頭髮蓬亂，談不上英俊的人物。等到長篇『蜘蛛男』（一九二九年）出現後，他搖身一變，成為青年紳士。

在偵探事務所，還出現了一個十三、四歲，有著一張蘋果臉的小助手。最初登場是在『吸血鬼』（一九三〇年）一書中。文代這位女助手，則因為「吸血鬼」事件而和明智偵探結婚。

在推理小說的世界中，從真正的謎團到奇怪的幻想，內容廣泛。其開拓者江戶川亂步，在一九三五年以後，開始想寫一些適合少年閱讀的偵探推理小說。於是出版了『怪盜二十面相』、『少年偵探團』、『妖怪博士』，以及「少年偵探」系列。

從『怪盜二十面相』開始的這一系列書籍，是怪盜與名偵探鬥智的故事。而且加入了明智偵探的少年助手小林芳雄及其帶領的偵探團。二十面相雖是怪盜，但是絕不殺人。就好像亞森羅蘋一樣，是一位美術品的收藏家。變幻自如，相當活躍的怪盜與日本第一名偵探明智小五郎，及其左右手小林互相鬥智的場面，搏得少年讀者歡心。再加上罪行的預告、人物的變換與陷入十八層地獄等，令人又驚又懼的刺激冒險故事，深深吸引著廣大的少年們。

和家人一起到關西旅行（1932年）

在『怪盜二十面相』中，二十面相將實業界的大人物羽柴壯太郎所收藏的昔日俄羅斯洛馬諾夫家皇冠上所鑲的六顆寶石，在預告的時間偷走，而且又將他的次男壯二抓去當人質之後，要求羽柴家用祕寶觀音像來交換人質。當時明智偵探出差，不在國內，於是由少年小林前去幫忙。這是初次與怪盜二十面相交手。整個故事就是在和怪盜二十面相鬥智的情節中發展。對於小林的活躍十分佩服的羽柴壯二等人，成立了「少年偵探團」。

『少年偵探團』的團員之一篠崎始的妹妹小綠被綁架事件發生後，團長小林建議將小綠交給認識的阿姨，讓喬裝成男孩的小綠坐在車上，陪她一起去阿姨家。不料經常出入篠崎家的司機和祕書被其他兩名男子取代，於是小林和小綠兩人就被抓到賊窩去了。

少年小林將團員的徽章ＢＤ徽章沿途丟置，而看到這條線索的篠崎同班同學桂正一及其表弟羽柴壯二等七名團員，循線找到賊窩，通知警察，平安無事的救出兩人。就在明智偵探識破了這家主人春木就是怪盜二十面相易容的時候，怪盜二十面相卻從空中消失了。

怪盜二十面相又預告要從京橋的大鳥鐘錶店偷到黃金塔。鐘錶店將真的黃金塔埋在地下，贋品置於平時擺放的地方。到了預告的這一天，怪盜二十面相以為從地下取走了真品，沒想到隨後趕到的明智偵探卻告訴老闆，真品和贗品又再被對調了一次。並且指出在座的管家就是喬裝的怪盜二十面相。

當然，怪盜二十面相也不是容易對付的人，他在明智偵探的面前從地底下的祕密地道逃走。不過，明智偵探早就知道對方會來這一招，於是又展開了鬥智的場面。

少年偵探團加入怪盜二十面相與明智偵探的對決，不殺人的鬥智，的確饒富趣味。平易近人的敘述及充滿冒險刺激的文體魅力，深深打動少年讀者的心。

大展出版社有限公司
品冠文化出版社

圖書目錄

地址：台北市北投區(石牌)
致遠一路二段 12 巷 1 號
郵撥：0166955～1
電話：(02)28236031
28236033
傳真：(02)28272069

・生活廣場・品冠編號 61

1.	366 天誕生星	李芳黛譯	280 元
2.	366 天誕生花與誕生石	李芳黛譯	280 元
3.	科學命相	淺野八郎著	220 元
4.	已知的他界科學	陳蒼杰譯	220 元
5.	開拓未來的他界科學	陳蒼杰譯	220 元
6.	世紀末變態心理犯罪檔案	沈永嘉譯	240 元
7.	366 天開運年鑑	林廷宇編著	230 元
8.	色彩學與你	野村順一著	230 元
9.	科學手相	淺野八郎著	230 元
10.	你也能成為戀愛高手	柯富陽編著	220 元
11.	血型與十二星座	許淑瑛編著	230 元
12.	動物測驗—人性現形	淺野八郎著	200 元
13.	愛情、幸福完全自測	淺野八郎著	200 元
14.	輕鬆攻佔女性	趙奕世編著	230 元
15.	解讀命運密碼	郭宗德著	200 元

・女醫師系列・品冠編號 62

1.	子宮內膜症	國府田清子著	200 元
2.	子宮肌瘤	黑島淳子著	200 元
3.	上班女性的壓力症候群	池下育子著	200 元
4.	漏尿、尿失禁	中田真木著	200 元
5.	高齡生產	大鷹美子著	200 元
6.	子宮癌	上坊敏子著	200 元
7.	避孕	早乙女智子著	200 元
8.	不孕症	中村春根著	200 元
9.	生理痛與生理不順	堀口雅子著	200 元
10.	更年期	野末悅子著	200 元

・傳統民俗療法・品冠編號 63

1.	神奇刀療法	潘文雄著	200 元

2. 神奇拍打療法 安在峰著 200元
3. 神奇拔罐療法 安在峰著 200元
4. 神奇艾灸療法 安在峰著 200元
5. 神奇貼敷療法 安在峰著 200元
6. 神奇薰洗療法 安在峰著 200元
7. 神奇耳穴療法 安在峰著 200元
8. 神奇指針療法 安在峰著 200元
9. 神奇藥酒療法 安在峰著 200元
10. 神奇藥茶療法 安在峰著 200元

・彩色圖解保健・品冠編號 64

1. 瘦身 主婦之友社 300元
2. 腰痛 主婦之友社 300元
3. 肩膀痠痛 主婦之友社 300元
4. 腰、膝、腳的疼痛 主婦之友社 300元
5. 壓力、精神疲勞 主婦之友社 300元
6. 眼睛疲勞、視力減退 主婦之友社 300元

・心想事成・品冠編號 65

1. 魔法愛情點心 結城莫拉著 120元
2. 可愛手工飾品 結城莫拉著 120元
3. 可愛打扮&髮型 結城莫拉著 120元
4. 撲克牌算命 結城莫拉著 120元

・法律專欄連載・大展編號 58

台大法學院 法律學系／策劃
法律服務社／編著

1. 別讓您的權利睡著了(1) 200元
2. 別讓您的權利睡著了(2) 200元

・武術特輯・大展編號 10

1. 陳式太極拳入門 馮志強編著 180元
2. 武式太極拳 郝少如編著 200元
3. 練功十八法入門 蕭京凌編著 120元
4. 教門長拳 蕭京凌編著 150元
5. 跆拳道 蕭京凌編譯 180元
6. 正傳合氣道 程曉鈴譯 200元
7. 圖解雙節棍 陳銘遠著 150元
8. 格鬥空手道 鄭旭旭編著 200元

9. 實用跆拳道	陳國榮編著	200 元
10. 武術初學指南	李文英、解守德編著	250 元
11. 泰國拳	陳國榮著	180 元
12. 中國式摔跤	黃 斌編著	180 元
13. 太極劍入門	李德印編著	180 元
14. 太極拳運動	運動司編	250 元
15. 太極拳譜	清・王宗岳等著	280 元
16. 散手初學	冷 峰編著	200 元
17. 南拳	朱瑞琪編著	180 元
18. 吳式太極劍	王培生著	200 元
19. 太極拳健身與技擊	王培生著	250 元
20. 秘傳武當八卦掌	狄兆龍著	250 元
21. 太極拳論譚	沈 壽著	250 元
22. 陳式太極拳技擊法	馬 虹著	250 元
23. 二十四式/三十二式太極拳/劍	闞桂香著	180 元
24. 楊式秘傳 129 式太極長拳	張楚全著	280 元
25. 楊式太極拳架詳解	林炳堯著	280 元
26. 華佗五禽劍	劉時榮著	180 元
27. 太極拳基礎講座：基本功與簡化 24 式	李德印著	250 元
28. 武式太極拳精華	薛乃印著	200 元
29. 陳式太極拳拳理闡微	馬 虹著	350 元
30. 陳式太極拳體用全書	馬 虹著	400 元
31. 張三豐太極拳	陳占奎著	200 元
32. 中國太極推手	張 山主編	300 元
33. 48 式太極拳入門	門惠豐編著	220 元
34. 太極拳奇人奇功	嚴翰秀編著	250 元
35. 心意門秘籍	李新民編著	220 元
36. 三才門乾坤戊己功	王培生編著	220 元
37. 武式太極劍精華 +VCD	薛乃印編著	350 元
38. 楊式太極拳	傅鐘文演述	200 元
39. 陳式太極拳、劍 36 式	闞桂香編著	250 元

・原地太極拳系列・大展編號 11

1. 原地綜合太極拳 24 式	胡啟賢創編	220 元
2. 原地活步太極拳 42 式	胡啟賢創編	200 元
3. 原地簡化太極拳 24 式	胡啟賢創編	200 元
4. 原地太極拳 12 式	胡啟賢創編	200 元

・名師出高徒・大展編號 111

1. 武術基本功與基本動作	劉玉萍編著	200 元
2. 長拳入門與精進	吳彬 等著	220 元

3.	劍術刀術入門與精進	楊柏龍等著	元
4.	棍術、槍術入門與精進	邱丕相編著	元
5.	南拳入門與精進	朱瑞琪編著	元
6.	散手入門與精進	張　山等著	元
7.	太極拳入門與精進	李德印編著	元
8.	太極推手入門與精進	田金龍編著	元

・道學文化・大展編號 12

1.	道在養生：道教長壽術	郝　勤等著	250 元
2.	龍虎丹道：道教內丹術	郝　勤著	300 元
3.	天上人間：道教神仙譜系	黃德海著	250 元
4.	步罡踏斗：道教祭禮儀典	張澤洪著	250 元
5.	道醫窺秘：道教醫學康復術	王慶餘等著	250 元
6.	勸善成仙：道教生命倫理	李　剛著	250 元
7.	洞天福地：道教宮觀勝境	沙銘壽著	250 元
8.	青詞碧簫：道教文學藝術	楊光文等著	250 元
9.	沈博絕麗：道教格言精粹	朱耕發等著	250 元

・易學智慧・大展編號 122

1.	易學與管理	余敦康主編	250 元
2.	易學與養生	劉長林等著	300 元
3.	易學與美學	劉綱紀等著	300 元
4.	易學與科技	董光壁　著	元
5.	易學與建築	韓增祿　著	元
6.	易學源流	鄭萬耕　著	元
7.	易學的思維	傅雲龍等著	元
8.	周易與易圖	李　申　著	元

・神算大師・大展編號 123

1.	劉伯溫神算兵法	應　涵編著	280 元
2.	姜太公神算兵法	應　涵編著	元
3.	鬼谷子神算兵法	應　涵編著	元
4.	諸葛亮神算兵法	應　涵編著	元

・秘傳占卜系列・大展編號 14

1.	手相術	淺野八郎著	180 元
2.	人相術	淺野八郎著	180 元
3.	西洋占星術	淺野八郎著	180 元
4.	中國神奇占卜	淺野八郎著	150 元

5.	夢判斷	淺野八郎著	150元
6.	前世、來世占卜	淺野八郎著	150元
7.	法國式血型學	淺野八郎著	150元
8.	靈感、符咒學	淺野八郎著	150元
9.	紙牌占卜術	淺野八郎著	150元
10.	ESP超能力占卜	淺野八郎著	150元
11.	猶太數的秘術	淺野八郎著	150元
12.	新心理測驗	淺野八郎著	160元
13.	塔羅牌預言秘法	淺野八郎著	200元

・趣味心理講座・大展編號15

1.	性格測驗① 探索男與女	淺野八郎著	140元
2.	性格測驗② 透視人心奧秘	淺野八郎著	140元
3.	性格測驗③ 發現陌生的自己	淺野八郎著	140元
4.	性格測驗④ 發現你的真面目	淺野八郎著	140元
5.	性格測驗⑤ 讓你們吃驚	淺野八郎著	140元
6.	性格測驗⑥ 洞穿心理盲點	淺野八郎著	140元
7.	性格測驗⑦ 探索對方心理	淺野八郎著	140元
8.	性格測驗⑧ 由吃認識自己	淺野八郎著	160元
9.	性格測驗⑨ 戀愛知多少	淺野八郎著	160元
10.	性格測驗⑩ 由裝扮瞭解人心	淺野八郎著	160元
11.	性格測驗⑪ 敲開內心玄機	淺野八郎著	140元
12.	性格測驗⑫ 透視你的未來	淺野八郎著	160元
13.	血型與你的一生	淺野八郎著	160元
14.	趣味推理遊戲	淺野八郎著	160元
15.	行為語言解析	淺野八郎著	160元

・婦幼天地・大展編號16

1.	八萬人減肥成果	黃靜香譯	180元
2.	三分鐘減肥體操	楊鴻儒譯	150元
3.	窈窕淑女美髮秘訣	柯素娥譯	130元
4.	使妳更迷人	成　玉譯	130元
5.	女性的更年期	官舒妍編譯	160元
6.	胎內育兒法	李玉瓊編譯	150元
7.	早產兒袋鼠式護理	唐岱蘭譯	200元
8.	初次懷孕與生產	婦幼天地編譯組	180元
9.	初次育兒12個月	婦幼天地編譯組	180元
10.	斷乳食與幼兒食	婦幼天地編譯組	180元
11.	培養幼兒能力與性向	婦幼天地編譯組	180元
12.	培養幼兒創造力的玩具與遊戲	婦幼天地編譯組	180元
13.	幼兒的症狀與疾病	婦幼天地編譯組	180元

14. 腿部苗條健美法　婦幼天地編譯組　180 元
15. 女性腰痛別忽視　婦幼天地編譯組　150 元
16. 舒展身心體操術　李玉瓊編譯　130 元
17. 三分鐘臉部體操　趙薇妮著　160 元
18. 生動的笑容表情術　趙薇妮著　160 元
19. 心曠神怡減肥法　川津祐介著　130 元
20. 內衣使妳更美麗　陳玄茹譯　130 元
21. 瑜伽美姿美容　黃靜香編著　180 元
22. 高雅女性裝扮學　陳珮玲譯　180 元
23. 蠶糞肌膚美顏法　坂梨秀子著　160 元
24. 認識妳的身體　李玉瓊譯　160 元
25. 產後恢復苗條體態　居理安・芙萊喬著　200 元
26. 正確護髮美容法　山崎伊久江著　180 元
27. 安琪拉美姿養生學　安琪拉蘭斯博瑞著　180 元
28. 女體性醫學剖析　增田豐著　220 元
29. 懷孕與生產剖析　岡部綾子著　180 元
30. 斷奶後的健康育兒　東城百合子著　220 元
31. 引出孩子幹勁的責罵藝術　多湖輝著　170 元
32. 培養孩子獨立的藝術　多湖輝著　170 元
33. 子宮肌瘤與卵巢囊腫　陳秀琳編著　180 元
34. 下半身減肥法　納他夏・史達賓著　180 元
35. 女性自然美容法　吳雅菁編著　180 元
36. 再也不發胖　池園悅太郎著　170 元
37. 生男生女控制術　中垣勝裕著　220 元
38. 使妳的肌膚更亮麗　楊　皓編著　170 元
39. 臉部輪廓變美　芝崎義夫著　180 元
40. 斑點、皺紋自己治療　高須克彌著　180 元
41. 面皰自己治療　伊藤雄康著　180 元
42. 隨心所欲瘦身冥想法　原久子著　180 元
43. 胎兒革命　鈴木丈織著　180 元
44. NS 磁氣平衡法塑造窈窕奇蹟　古屋和江著　180 元
45. 享瘦從腳開始　山田陽子著　180 元
46. 小改變瘦 4 公斤　宮本裕子著　180 元
47. 軟管減肥瘦身　高橋輝男著　180 元
48. 海藻精神秘美容法　劉名揚編著　180 元
49. 肌膚保養與脫毛　鈴木真理著　180 元
50. 10 天減肥 3 公斤　彤雲編輯組　180 元
51. 穿出自己的品味　西村玲子著　280 元
52. 小孩髮型設計　李芳黛譯　250 元

・青 春 天 地・大展編號 17

1. A 血型與星座　柯素娥編譯　160 元
2. B 血型與星座　柯素娥編譯　160 元

3. O 血型與星座	柯素娥編譯	160 元
4. AB 血型與星座	柯素娥編譯	120 元
5. 青春期性教室	呂貴嵐編譯	130 元
7. 難解數學破題	宋釗宜編譯	130 元
9. 小論文寫作秘訣	林顯茂編譯	120 元
11. 中學生野外遊戲	熊谷康編著	120 元
12. 恐怖極短篇	柯素娥編譯	130 元
13. 恐怖夜話	小毛驢編譯	130 元
14. 恐怖幽默短篇	小毛驢編譯	120 元
15. 黑色幽默短篇	小毛驢編譯	120 元
16. 靈異怪談	小毛驢編譯	130 元
17. 錯覺遊戲	小毛驢編著	130 元
18. 整人遊戲	小毛驢編著	150 元
19. 有趣的超常識	柯素娥編譯	130 元
20. 哦！原來如此	林慶旺編譯	130 元
21. 趣味競賽 100 種	劉名揚編譯	120 元
22. 數學謎題入門	宋釗宜編譯	150 元
23. 數學謎題解析	宋釗宜編譯	150 元
24. 透視男女心理	林慶旺編譯	120 元
25. 少女情懷的自白	李桂蘭編譯	120 元
26. 由兄弟姊妹看命運	李玉瓊編譯	130 元
27. 趣味的科學魔術	林慶旺編譯	150 元
28. 趣味的心理實驗室	李燕玲編譯	150 元
29. 愛與性心理測驗	小毛驢編譯	130 元
30. 刑案推理解謎	小毛驢編譯	180 元
31. 偵探常識推理	小毛驢編譯	180 元
32. 偵探常識解謎	小毛驢編譯	130 元
33. 偵探推理遊戲	小毛驢編譯	180 元
34. 趣味的超魔術	廖玉山編著	150 元
35. 趣味的珍奇發明	柯素娥編著	150 元
36. 登山用具與技巧	陳瑞菊編著	150 元
37. 性的漫談	蘇燕謀編著	180 元
38. 無的漫談	蘇燕謀編著	180 元
39. 黑色漫談	蘇燕謀編著	180 元
40. 白色漫談	蘇燕謀編著	180 元

・健康天地・大展編號 18

1. 壓力的預防與治療	柯素娥編譯	130 元
2. 超科學氣的魔力	柯素娥編譯	130 元
3. 尿療法治病的神奇	中尾良一著	130 元
4. 鐵證如山的尿療法奇蹟	廖玉山譯	120 元
5. 一日斷食健康法	葉慈容編譯	150 元
6. 胃部強健法	陳炳崑譯	120 元

7. 癌症早期檢查法	廖松濤譯	160 元
8. 老人痴呆症防止法	柯素娥編譯	170 元
9. 松葉汁健康飲料	陳麗芬編譯	150 元
10. 揉肚臍健康法	永井秋夫著	150 元
11. 過勞死、猝死的預防	卓秀貞編譯	130 元
12. 高血壓治療與飲食	藤山順豐著	180 元
13. 老人看護指南	柯素娥編譯	150 元
14. 美容外科淺談	楊啟宏著	150 元
15. 美容外科新境界	楊啟宏著	150 元
16. 鹽是天然的醫生	西英司郎著	140 元
17. 年輕十歲不是夢	梁瑞麟譯	200 元
18. 茶料理治百病	桑野和民著	180 元
19. 綠茶治病寶典	桑野和民著	150 元
20. 杜仲茶養顏減肥法	西田博著	170 元
21. 蜂膠驚人療效	瀨長良三郎著	180 元
22. 蜂膠治百病	瀨長良三郎著	180 元
23. 醫藥與生活(一)	鄭炳全著	180 元
24. 鈣長生寶典	落合敏著	180 元
25. 大蒜長生寶典	木下繁太郎著	160 元
26. 居家自我健康檢查	石川恭三著	160 元
27. 永恆的健康人生	李秀鈴譯	200 元
28. 大豆卵磷脂長生寶典	劉雪卿譯	150 元
29. 芳香療法	梁艾琳譯	160 元
30. 醋長生寶典	柯素娥譯	180 元
31. 從星座透視健康	席拉・吉蒂斯著	180 元
32. 愉悅自在保健學	野本二士夫著	160 元
33. 裸睡健康法	丸山淳士等著	160 元
34. 糖尿病預防與治療	藤山順豐著	180 元
35. 維他命長生寶典	菅原明子著	180 元
36. 維他命 C 新效果	鐘文訓編	150 元
37. 手、腳病理按摩	堤芳朗著	160 元
38. AIDS 瞭解與預防	彼得塔歇爾著	180 元
39. 甲殼質殼聚糖健康法	沈永嘉譯	160 元
40. 神經痛預防與治療	木下真男著	160 元
41. 室內身體鍛鍊法	陳炳崑編著	160 元
42. 吃出健康藥膳	劉大器編著	180 元
43. 自我指壓術	蘇燕謀編著	160 元
44. 紅蘿蔔汁斷食療法	李玉瓊編著	150 元
45. 洗心術健康秘法	竺翠萍編譯	170 元
46. 枇杷葉健康療法	柯素娥編譯	180 元
47. 抗衰血癒	楊啟宏著	180 元
48. 與癌搏鬥記	逸見政孝著	180 元
49. 冬蟲夏草長生寶典	高橋義博著	170 元
50. 痔瘡・大腸疾病先端療法	宮島伸宜著	180 元

51. 膠布治癒頑固慢性病	加瀨建造著	180 元
52. 芝麻神奇健康法	小林貞作著	170 元
53. 香煙能防止癡呆？	高田明和著	180 元
54. 穀菜食治癌療法	佐藤成志著	180 元
55. 貼藥健康法	松原英多著	180 元
56. 克服癌症調和道呼吸法	帶津良一著	180 元
57. B 型肝炎預防與治療	野村喜重郎著	180 元
58. 青春永駐養生導引術	早島正雄著	180 元
59. 改變呼吸法創造健康	原久子著	180 元
60. 荷爾蒙平衡養生秘訣	出村博著	180 元
61. 水美肌健康法	井戶勝富著	170 元
62. 認識食物掌握健康	廖梅珠編著	170 元
63. 痛風劇痛消除法	鈴木吉彥著	180 元
64. 酸莖菌驚人療效	上田明彥著	180 元
65. 大豆卵磷脂治現代病	神津健一著	200 元
66. 時辰療法—危險時刻凌晨 4 時	呂建強等著	180 元
67. 自然治癒力提升法	帶津良一著	180 元
68. 巧妙的氣保健法	藤平墨子著	180 元
69. 治癒 C 型肝炎	熊田博光著	180 元
70. 肝臟病預防與治療	劉名揚編著	180 元
71. 腰痛平衡療法	荒井政信著	180 元
72. 根治多汗症、狐臭	稻葉益巳著	220 元
73. 40 歲以後的骨質疏鬆症	沈永嘉譯	180 元
74. 認識中藥	松下一成著	180 元
75. 認識氣的科學	佐佐木茂美著	180 元
76. 我戰勝了癌症	安田伸著	180 元
77. 斑點是身心的危險信號	中野進著	180 元
78. 艾波拉病毒大震撼	玉川重德著	180 元
79. 重新還我黑髮	桑名隆一郎著	180 元
80. 身體節律與健康	林博史著	180 元
81. 生薑治萬病	石原結實著	180 元
82. 靈芝治百病	陳瑞東著	180 元
83. 木炭驚人的威力	大槻彰著	200 元
84. 認識活性氧	井土貴司著	180 元
85. 深海鮫治百病	廖玉山編著	180 元
86. 神奇的蜂王乳	井上丹治著	180 元
87. 卡拉 OK 健腦法	東潔著	180 元
88. 卡拉 OK 健康法	福田伴男著	180 元
89. 醫藥與生活(二)	鄭炳全著	200 元
90. 洋蔥治百病	宮尾興平著	180 元
91. 年輕 10 歲快步健康法	石塚忠雄著	180 元
92. 石榴的驚人神效	岡本順子著	180 元
93. 飲料健康法	白鳥早奈英著	180 元
94. 健康棒體操	劉名揚編譯	180 元

95. 催眠健康法	蕭京凌編著	180 元
96. 鬱金（美王）治百病	水野修一著	180 元
97. 醫藥與生活(三)	鄭炳全著	200 元

・實用女性學講座・大展編號 19

1. 解讀女性內心世界	島田一男著	150 元
2. 塑造成熟的女性	島田一男著	150 元
3. 女性整體裝扮學	黃靜香編著	180 元
4. 女性應對禮儀	黃靜香編著	180 元
5. 女性婚前必修	小野十傳著	200 元
6. 徹底瞭解女人	田口二州著	180 元
7. 拆穿女性謊言 88 招	島田一男著	200 元
8. 解讀女人心	島田一男著	200 元
9. 俘獲女性絕招	志賀貢著	200 元
10. 愛情的壓力解套	中村理英子著	200 元
11. 妳是人見人愛的女孩	廖松濤編著	200 元

・校園系列・大展編號 20

1. 讀書集中術	多湖輝著	180 元
2. 應考的訣竅	多湖輝著	150 元
3. 輕鬆讀書贏得聯考	多湖輝著	180 元
4. 讀書記憶秘訣	多湖輝著	180 元
5. 視力恢復！超速讀術	江錦雲譯	180 元
6. 讀書 36 計	黃柏松編著	180 元
7. 驚人的速讀術	鐘文訓編著	170 元
8. 學生課業輔導良方	多湖輝著	180 元
9. 超速讀超記憶法	廖松濤編著	180 元
10. 速算解題技巧	宋釗宜編著	200 元
11. 看圖學英文	陳炳崑編著	200 元
12. 讓孩子最喜歡數學	沈永嘉譯	180 元
13. 催眠記憶術	林碧清譯	180 元
14. 催眠速讀術	林碧清譯	180 元
15. 數學式思考學習法	劉淑錦譯	200 元
16. 考試憑要領	劉孝暉著	180 元
17. 事半功倍讀書法	王毅希著	200 元
18. 超金榜題名術	陳蒼杰譯	200 元
19. 靈活記憶術	林耀慶編著	180 元
20. 數學增強要領	江修楨編著	180 元

・實用心理學講座・大展編號 21

1.	拆穿欺騙伎倆	多湖輝著	140 元
2.	創造好構想	多湖輝著	140 元
3.	面對面心理術	多湖輝著	160 元
4.	偽裝心理術	多湖輝著	140 元
5.	透視人性弱點	多湖輝著	180 元
6.	自我表現術	多湖輝著	180 元
7.	不可思議的人性心理	多湖輝著	180 元
8.	催眠術入門	多湖輝著	150 元
9.	責罵部屬的藝術	多湖輝著	150 元
10.	精神力	多湖輝著	150 元
11.	厚黑說服術	多湖輝著	150 元
12.	集中力	多湖輝著	150 元
13.	構想力	多湖輝著	150 元
14.	深層心理術	多湖輝著	160 元
15.	深層語言術	多湖輝著	160 元
16.	深層說服術	多湖輝著	180 元
17.	掌握潛在心理	多湖輝著	160 元
18.	洞悉心理陷阱	多湖輝著	180 元
19.	解讀金錢心理	多湖輝著	180 元
20.	拆穿語言圈套	多湖輝著	180 元
21.	語言的內心玄機	多湖輝著	180 元
22.	積極力	多湖輝著	180 元

・超現實心理講座・大展編號 22

1.	超意識覺醒法	詹蔚芬編譯	130 元
2.	護摩秘法與人生	劉名揚編譯	130 元
3.	秘法！超級仙術入門	陸明譯	150 元
4.	給地球人的訊息	柯素娥編著	150 元
5.	密教的神通力	劉名揚編著	130 元
6.	神秘奇妙的世界	平川陽一著	200 元
7.	地球文明的超革命	吳秋嬌譯	200 元
8.	力量石的秘密	吳秋嬌譯	180 元
9.	超能力的靈異世界	馬小莉譯	200 元
10.	逃離地球毀滅的命運	吳秋嬌譯	200 元
11.	宇宙與地球終結之謎	南山宏著	200 元
12.	驚世奇功揭秘	傅起鳳著	200 元
13.	啟發身心潛力心象訓練法	栗田昌裕著	180 元
14.	仙道術遁甲法	高藤聰一郎著	220 元
15.	神通力的秘密	中岡俊哉著	180 元
16.	仙人成仙術	高藤聰一郎著	200 元

17. 仙道符咒氣功法	高藤聰一郎著	220 元
18. 仙道風水術尋龍法	高藤聰一郎著	200 元
19. 仙道奇蹟超幻像	高藤聰一郎著	200 元
20. 仙道鍊金術房中法	高藤聰一郎著	200 元
21. 奇蹟超醫療治癒難病	深野一幸著	220 元
22. 揭開月球的神秘力量	超科學研究會	180 元
23. 西藏密教奧義	高藤聰一郎著	250 元
24. 改變你的夢術入門	高藤聰一郎著	250 元
25. 21 世紀拯救地球超技術	深野一幸著	250 元

・養 生 保 健・大展編號 23

1. 醫療養生氣功	黃孝寬著	250 元
2. 中國氣功圖譜	余功保著	250 元
3. 少林醫療氣功精粹	井玉蘭著	250 元
4. 龍形實用氣功	吳大才等著	220 元
5. 魚戲增視強身氣功	宮　嬰著	220 元
6. 嚴新氣功	前新培金著	250 元
7. 道家玄牝氣功	張　章著	200 元
8. 仙家秘傳袪病功	李遠國著	160 元
9. 少林十大健身功	秦慶豐著	180 元
10. 中國自控氣功	張明武著	250 元
11. 醫療防癌氣功	黃孝寬著	250 元
12. 醫療強身氣功	黃孝寬著	250 元
13. 醫療點穴氣功	黃孝寬著	250 元
14. 中國八卦如意功	趙維漢著	180 元
15. 正宗馬禮堂養氣功	馬禮堂著	420 元
16. 秘傳道家筋經內丹功	王慶餘著	300 元
17. 三元開慧功	辛桂林著	250 元
18. 防癌治癌新氣功	郭　林著	180 元
19. 禪定與佛家氣功修煉	劉天君著	200 元
20. 顛倒之術	梅自強著	360 元
21. 簡明氣功辭典	吳家駿編	360 元
22. 八卦三合功	張全亮著	230 元
23. 朱砂掌健身養生功	楊永著	250 元
24. 抗老功	陳九鶴著	230 元
25. 意氣按穴排濁自療法	黃啟運編著	250 元
26. 陳式太極拳養生功	陳正雷著	200 元
27. 健身袪病小功法	王培生著	200 元
28. 張式太極混元功	張春銘著	250 元
29. 中國璇密功	羅琴編著	250 元
30. 中國少林禪密功	齊飛龍著	200 元
31. 郭林新氣功	郭林新氣功研究所	400 元

・社會人智囊・大展編號 24

1.	糾紛談判術	清水增三著	160 元
2.	創造關鍵術	淺野八郎著	150 元
3.	觀人術	淺野八郎著	200 元
4.	應急詭辯術	廖英迪編著	160 元
5.	天才家學習術	木原武一著	160 元
6.	貓型狗式鑑人術	淺野八郎著	180 元
7.	逆轉運掌握術	淺野八郎著	180 元
8.	人際圓融術	澀谷昌三著	160 元
9.	解讀人心術	淺野八郎著	180 元
10.	與上司水乳交融術	秋元隆司著	180 元
11.	男女心態定律	小田晉著	180 元
12.	幽默說話術	林振輝編著	200 元
13.	人能信賴幾分	淺野八郎著	180 元
14.	我一定能成功	李玉瓊譯	180 元
15.	獻給青年的嘉言	陳蒼杰譯	180 元
16.	知人、知面、知其心	林振輝編著	180 元
17.	塑造堅強的個性	坂上肇著	180 元
18.	為自己而活	佐藤綾子著	180 元
19.	未來十年與愉快生活有約	船井幸雄著	180 元
20.	超級銷售話術	杜秀卿譯	180 元
21.	感性培育術	黃靜香編著	180 元
22.	公司新鮮人的禮儀規範	蔡媛惠譯	180 元
23.	傑出職員鍛鍊術	佐佐木正著	180 元
24.	面談獲勝戰略	李芳黛譯	180 元
25.	金玉良言撼人心	森純大著	180 元
26.	男女幽默趣典	劉華亭編著	180 元
27.	機智說話術	劉華亭編著	180 元
28.	心理諮商室	柯素娥譯	180 元
29.	如何在公司崢嶸頭角	佐佐木正著	180 元
30.	機智應對術	李玉瓊編著	200 元
31.	克服低潮良方	坂野雄二著	180 元
32.	智慧型說話技巧	沈永嘉編著	180 元
33.	記憶力、集中力增進術	廖松濤編著	180 元
34.	女職員培育術	林慶旺編著	180 元
35.	自我介紹與社交禮儀	柯素娥編著	180 元
36.	積極生活創幸福	田中真澄著	180 元
37.	妙點子超構想	多湖輝著	180 元
38.	說 NO 的技巧	廖玉山編著	180 元
39.	一流說服力	李玉瓊編著	180 元
40.	般若心經成功哲學	陳鴻蘭編著	180 元
41.	訪問推銷術	黃靜香編著	180 元

國家圖書館出版品預行編目資料

少年偵探團／江戶川亂步著；施聖茹譯
——初版—臺北市，品冠文化，2001〔民 90〕
面；21 公分 —（少年偵探；2）
譯自：少年探偵團
ISBN 957-468-103-3（精裝）

861.59　　　　90016803

版權仲介：京王文化事業有限公司

少年偵探 2 **少年偵探團** ISBN 957-468-103-3

著　者／江戶川亂步
譯　者／施　聖　茹
發 行 人／蔡　孟　甫
出 版 者／品冠文化出版社
社　址／台北市北投區（石牌）致遠一路 2 段 12 巷 1 號
電　話／(02) 28233123・28236031・28236033
傳　真／(02) 28272069
郵政劃撥／19346241
E - mail／dah-jaan @ms 9. tisnet. net. tw
登 記 證／北市建一字第 227242 號
區域經銷／千淞圖書有限公司
地　址／三重市中興北街 186 號 5 樓
電　話／(02)29999958
承 印 者／國順文具印刷行
裝　訂／源太裝訂實業有限公司
排 版 者／千兵企業有限公司
初版 1 刷／2001 年（民 90 年）12　月
初版發行／2002 年（民 91 年）1　月

~~定　價／300 元~~
試閱價／189元